影劇六村有鬼

二馬中元

馮翊綱

推薦序

那隻手

宇文正
《聯合報》副刊組主任

每次看相聲瓦舍眷村系列的作品，我便想著：「這回不知又要怎麼樣糟蹋我們村子了？」我在「影劇六村」出生、長大，那一再在相聲瓦舍裡出現的「戰國廁」系列就以咱們村子為基地。馮翊綱先生第一次知道我來自影劇六村吃驚得舉手對我致敬禮——我可能是他第一次遇見，正港的「影劇六村」村民吧。這一回，又不知要怎麼說我們村子了？鬼故事？

我遵囑寫一則真正的影劇六村的鬼故事。但我是除了《聊齋誌異》——為了文學研究的需要，從來不讀鬼故事，不看鬼電影，稍微恐怖一點、血腥一點的片子一律不看；從小，大人一講鬼故事，立刻摀住耳朵的膽小鬼，因此能講的鬼故事只有一則。這一則，卻是親身經歷……

小學三年級那年，我擁有了自己的房間，開始要一個人睡，不能再跟兩個哥哥睡一張床了。那前幾年爸爸不知透過什麼關係，多配到一間房，在斜對面，為了方便，拿斜對面那間房跟隔壁鄰居交換，如此兩間相連，中間打通，我們家變成村子裡的「大戶」人家了。我睡的那間是小榻榻米，連著爸媽的臥室，後面是廁所，隔著一扇紗門。

那個悶熱的夏夜，我半夜醒過來，無意識地朝著紗門看，看見從門的頂端，向下垂著一隻手，手，輕輕地搖晃。我閉上眼睛，鼓起勇氣睜開來，再朝紗門上看一眼，清清楚楚的一隻大手，晃著晃著……我拉上被子把自己緊緊裹住，不敢發出任何聲響。半夜爸爸上廁所經過我房間，詫異拉開我的被子，發覺我全身是汗：「怎麼連頭都蓋住，會悶壞呀，傻丫頭！」

我不敢說我看到了什麼。那一刻，手不見了。

從此以後，我睡覺永遠面朝牆壁，再也不看紗門，半夜寧可尿床也不敢起來。我沒有對任何人說這件事，不知道為什麼不敢說。一直到國小五年級，我們家搬出了眷村。有天陪媽媽勾毛衣時，我說出了那個夜晚，已經遙遠，卻深深刻在我心版上的畫面。媽吃了一驚：「那妳怎麼不說？」

媽說，她一直覺得跟隔壁換來的那房子不乾淨。隔壁那戶原來該有個男孩子的，比我大幾個月，一出生就夭折了。爸則在臥房遷到隔壁後不久，得了急性腎炎，差點喪命。而那道紗門，媽說，經常她明明記得沒閂上的，從廁所出來卻發覺門被閂上了……但她什麼也沒看到過。全家，只有最年幼的我，見到了一隻從上頭垂下來，搖晃的大手。

它沒有對我做什麼，我沒災沒病地長大，除了更加膽小如鼠。但如今回想，那隻手對我是有份特別意義的，它使我跳過辯證的思索，相信另一世界的存在，直覺地相信因果。

前言

有一年受邀，在金鐘獎晚會上擔任頒獎人。很早到了後台，巧遇頒發另一個獎項的司馬中原先生。看他氣色好，長長的眉毛，尾端下垂，忍不住讚嘆：「此乃長壽之相！」

司馬老師毫不謙遜，回道：「是的，我還要活很久，久到很多人都不在了，而我還在。這日子我自己知道，但不能告訴你。」

眾人對他的印象，來自廣播電視的講鬼，我所認識的司馬中原，是鄉野傳奇、武俠小說作家。幼時讀《國語日報》所連載的《呆虎傳》，是我進入司馬中原浪漫世界的大門。

「影劇六村」是我創造的虛幻喜劇世界，在早年的相聲表演節目裡，

「戰國廁」與「八街市場」都已畫出鮮明的結構。但住在村裡的各戶人家，他們的生活、情感、人際關係又是什麼？我一直很想把他們都「記」起來。

在回憶的過程中，許多零散片段不周全，得靠杜撰來黏接，既然開始虛構，就得用下一個胡說來圓這一個謊，更後來，為了強化人們的情感、激出故事的熱情，不得不訴諸靈異。原本想為村民們撰寫的生活紀念冊，變成了「錄鬼簿」。在寫作之初，我就畫了「影劇六村」的草圖，甚至為家家戶戶都打了門牌號碼，在清醒的世界上，沒有一家是真的；在迷離的故事裡，沒有一家不是真的。

大大虛構「影劇六村」的過程中，我的實際記憶也被強力地提煉出來，故人的名字、面容、性情、愛憎一一回到我的眼前，甚至發現，當年所未必理解的事情真相，經過虛構之後，更加清楚了；當年未必熟識的臉孔，在筆端，都成了共生的親人。在幽暗的隧道中摸索，偶然見到幾張似曾相識的面容，他們期待的眼神，無聲的靜默，傳遞著微妙的思緒。

感懷之幽情，創意之幽玄，生命之幽默。

自稱「轉世前沒有喝孟婆湯，所以記得前世」的司馬中原，是我宗法的前輩，因此特別自稱「二馬中元」，來說這些幽情、幽玄、幽默的故事。我對前世的記憶，雖不是透澈的清晰，也有些含混迷濛的印象，雜夢中勾得出一些輪廓，試試下回，再次推開那六扇門前，也賴皮不喝孟婆湯，好將這一世的精彩，再拿去妝點下一世的熱鬧。

當然，還有一位川端康成，他的「掌中小說」也大大影響了我，怕有人沒看出來，所以要提一句。

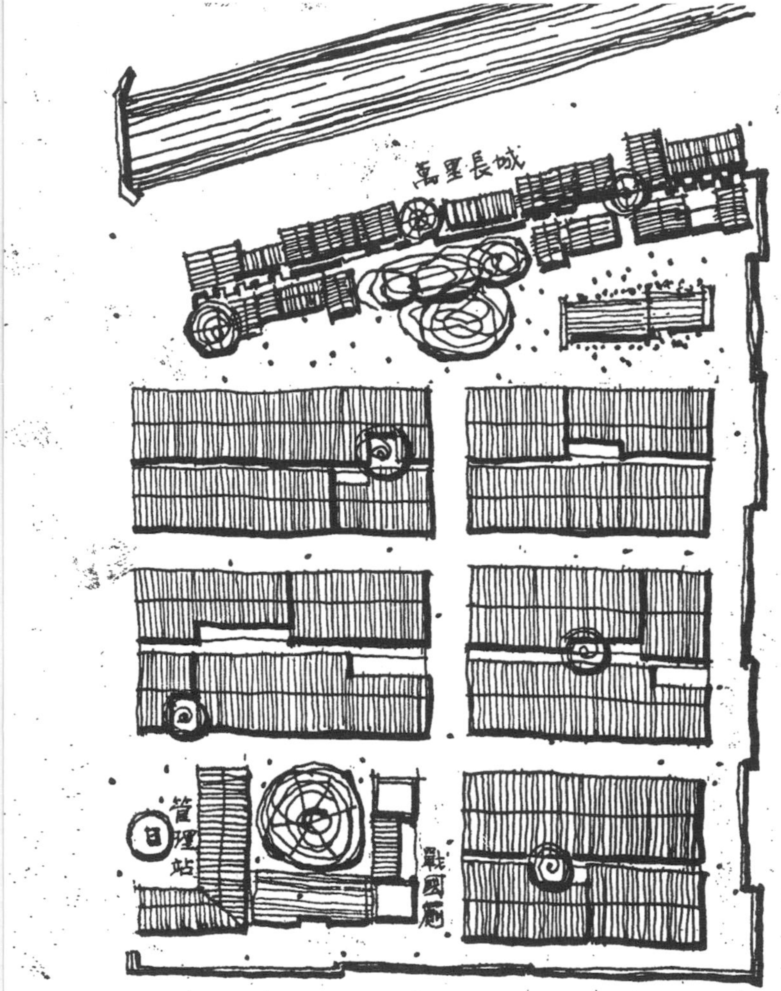

許華山 建築師／繪製

七竅

七魄

七巧

七情

七傷

七步

七七

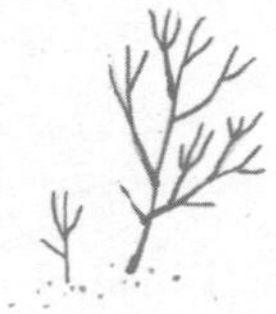

七竅

餃子

影劇六村的北端，是一道清朝的城牆，牆垣雖然跑滿了爬藤，仍依稀可辨。牆外的舊護城河，在日據時代被修整成溝渠，有三道小橋連接城內外。

從最東邊的橋進村子，馬上遇到大上坡，上完坡剛到平路，右手一個餃子攤。麵粉袋拆開，縫接成大帳幔，用竹竿挑著，圍上三邊，有一種混淆的塞外風情。點上幾盞燈泡，配著湯鍋偶爾噴飄的蒸汽，有幾分「濁酒一杯家萬里」的意味。

阿琴就著一盞燈泡，演算著數學題，剛考上初中，正在適應西瓜皮短髮、平方和x、y的代數震撼。晚風微微，卻把四十燭光的燈泡吹得似鐘擺搖晃，題目都快吹歪了。

不預期還有客人上門？「這位叔叔很面生，不住在附近。」阿琴心裡掂量著：「不，根本不是我們村裡的。」她認人頗有把握，眼見這位微胖、小眼、個頭不高的中年男人，先做好了分類。「叔叔吃什麼？要快點囉，我們該關火打烊了。」阿琴不失禮貌地直說，按照軍區的規定，九點要熄燈宵禁，但多年和憲兵打好關係的小攤子，熄了燈還能招呼客人吃好了再收攤。

「羊入的二十個了嘛。」男人聲音很小，兼之頗有難解的口音。阿琴專注下來，再問：「請再說一次，您要什麼？」男人聲音更小，說：「羊入餡兒的叫子二十個了嘛。」對自己聽辨方言口音極有自信的阿琴，判斷這位叔叔的老家是陝、甘一帶，大膽重複道：「您要二十個羊肉餃子？」男人微微點頭。「對不起，我們不賣羊肉的，只有豬肉韭黃和豬肉瓠子兩種。」阿琴道。「以前都有的嘛。」男人說。「以前？」阿琴邊說邊想：「我就從來沒有賣過羊肉餃子，多以前？」

正說著，老爸從家裡拎著一桶洗碗水來了。看見對話中的女兒和客人，很不自然地僵住，壓低了聲量，說：「琴！過來！」阿琴向著爸爸走過來，順口說：「爸，他要羊肉餃子，哪有啊？」老爸把聲音壓得像是怕人聽去一般：「回家去，叫妳媽把我們自己要吃的牛肉餃子送過來，還有櫥子裡的小半瓶高粱。去！」

看這如臨大敵的情狀，聰明的阿琴知道，自有老爸來擺平奇特的客人。她快速收拾自己的功課，耳邊聽得老爸正在以極其和緩的語氣，勸慰客人：「鄉黨，您好久沒來了，我記得，你們回民不吃大肉，但是呢，我確實很多年不包羊肉餃子了，準備牛肉的好不好？我額外請您喝酒，吃好喝好您就去，好嗎？」

阿琴覺得有點莫名其妙，老爸平日也算硬漢，跟這人說話幹嘛這麼委屈掰裂的？走出圍幔，回頭望了一眼，老爸躬身哈腰地，影子映在帳子上。

所謂「燭影搖紅，夜闌飲散春宵短」。阿琴想著，有點想笑。

「但是那個人的影子呢？怎麼沒有映在帳子上？」

孕婦

從許多年前看，她就是個孕婦。

幾乎沒什麼人聽她說過話，也不知鄉音何許？有人說聽過，只能確定不是北方人。

影劇六村三百一十三號，是個邊角房，靠同排十家的最東側。六〇年代拆除籬笆、改建紅磚牆的時候，偷偷往外推了一些，以至於院子比較大，挨著牆，多搭了一間小房，孕婦就寄居在三百一十三號的院裡。

戰爭結束前，在家鄉懷上了孩子，丈夫又出門了。鄰家的大姊跟著姓湯的軍官丈夫逃難，一把一牽，把她也從家鄉拉出來了。她為此埋怨：「若不離家，丈夫恐怕已經回來，我既不在家中，他又依什麼線索尋來？」

湯家夫婦也不見棄，留她同住，便是三百一十三號。

她總是自己打水，天未亮時，雙手提著單提把的馬口鐵桶，到上坡管理站旁壓井水。一路提回來，總濺濕下半身子。對門阿姨六十多歲，早起見著，問她「要不要幫忙？」她沒有回話。

但腹中的孩子早就該生，卻始終懷著。

「總不能孩子一出生，就見不著爸爸。」據說理由是這樣的。

約莫是陰曆年剛過懷上的，到九月底就該生。據說九月生的人善良忠誠，重情重義。但九月沒有生。

又過完了一個陰曆年，都入了二月，據說二月生的孩子有氣質，將來聰明，人緣好。但二月沒有生。眼看過了五月節，據說五月生的孩子長相漂亮、好勝心強。但五月也沒有生。又一個八月節到了，據說八月生的孩子意志堅定、外柔內剛。但八月還是沒有生。

眾人議論：「該把孩子先生下來。」「懷了那許久，生下來恐怕不尋常。」「太久了，生不下來了。」「懷三年生下個肉球，三太子呀？」

湯家搬出了村子。孕婦卻留在院中。有時一個月看不見她，也就是天不亮時打水回來，會被鄰人看見一回兩回。

左鄰的孩子長大，上大學住校去了，她面容依舊。巷底的少女嫁人，搬出去了，她面容依舊。對門的阿姨剛過了七十歲就走了，她面容依舊。

這條巷子的鄰居來來去去，遷徙的頻率過快，竟也沒有人發現，歲月在她臉上不著痕跡。乃至於後來搬來的鄰居，誰也說不清這孕婦的來歷。

或許，「等待」就是最好的理由，未完成的等待，在結果揭曉那一刻到來之前，一切都不會改變。

小麵人

匡媽媽的饅頭店，就在村子口第一家。但門牌並不是一號，影劇六村最初的規劃，是從接近軍營的下坡段開始，一號到八號的門牌是在西北角的城牆根，八個大房子，八座將軍宅，村人稱為「八家將」。重新規劃門牌號碼的時候，「八家將」不受影響，依舊是一到八號。

上坡段二百戶，是後建的，直接用新號碼，匡媽媽的門牌九號。

匡媽媽是江北人，口音很重，沒人問過她，也不知是徐州？淮安？還是鹽城？總之你說買饅頭，她必定問：「拋點摁點？」

都說「山東大饅頭」，實際上江北再往北走幾步，便是山東，飲食文化連成一氣。「拋點摁點」，指的是「饅頭口感要膨一點的？還是硬一點的？」在眷村出生的小朋友，除自家方言之外，還要設法聽懂大人們所帶來的大江南北各種口音，實是辛苦，但也自有一種理解方法。例如到匡媽媽家買饅頭，當她問你「拋點摁點？」的時候，就說：「一樣買一個！」一次就能解開口音的謎團，下次再來的時候，什麼樣的想買幾個，就隨意了，匡媽媽那麼大年紀，也無需為了誰改變鄉音，極瘦的體態，彎折的身形，令人擔憂她每日揉麵的辛苦。

早年饅頭發麵，沒有方便的化學酵母，都得靠傳統的「麵引子」，也就是一般俗稱的「老麵」。

匡媽媽的麵引子，不知什麼來頭。每天，也就是八大籠，三籠「拋點」，三籠「摁點」，一籠蔥花卷，一籠三角豆沙包。晚上七點以前，保證賣光。匡媽媽拉上窗戶，上上門板，回到後屋，兩個大鋁盆敞在地下，倒上大堆的麵粉、添上水，從抽屜裡取出一個小木盒，木盒反覆上過深綠色油漆，又顯斑剝了，再拉開橫抽的盒蓋，取出一個密封的小玻璃盅。

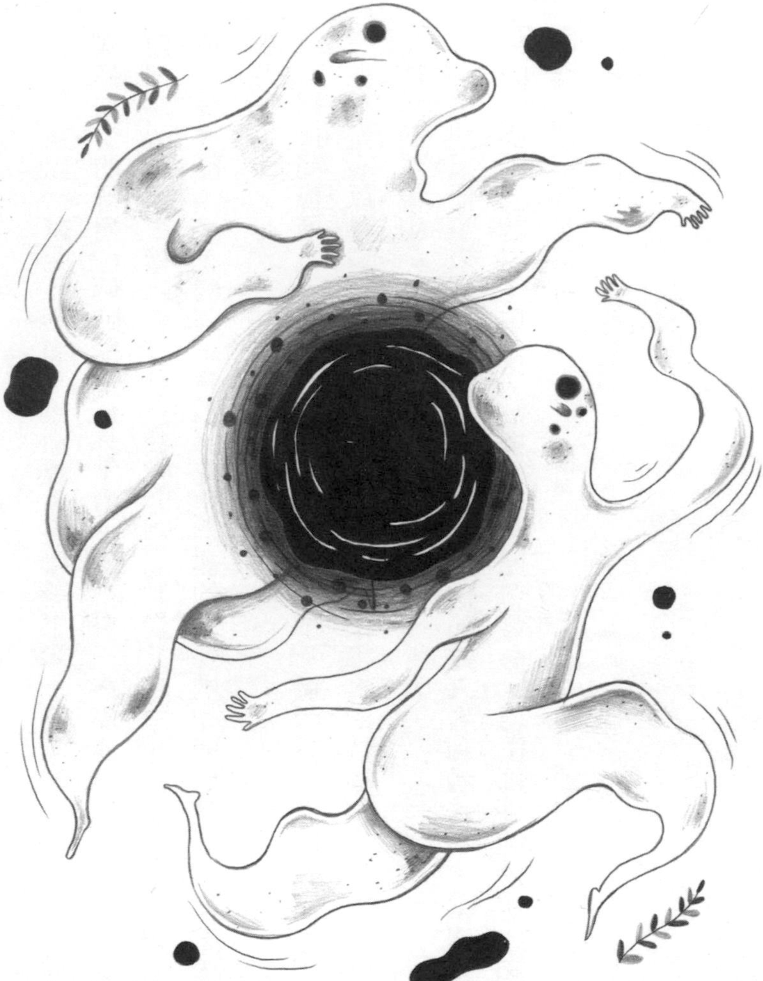

玻璃盅一掀開，透出一股酒香，夾雜著玉米、高粱的氣息，還有微風吹拂淮安的柳樹，仰臥徐州郊外水道上的小舟，水藻漂浮的氣息。從玻璃盅裡站起兩個小麵人，一個白胖胖的，一個黃乾乾的，各自跳進一只鋁盆，跳、蹦、翻、滾，騰躍、拿頂。乾瘦佝僂的匡媽媽一旁欣賞著，完全不用動手。

那日門板擺上，卻忘了從裡面上扣，露了一道門縫。一個客人，看到門裡有光，以為還有饅頭可買，一推門就進來了。兩個小麵人慌忙地從鋁盆裡跳回玻璃盅，匡媽媽緊急地蓋了蓋子。

這件事情本來沒有人知道，都是被那個莽撞人看到過一次，話才傳出來的。都說老麵引子用得次數多了，饅頭會發酸。但匡媽媽的饅頭一點也不酸，卻不知是何緣故？

聚聚

從市場出來，兩個主婦聊上了。

紅毛衣的問道：「昨天你們家來客人哪？」

白外套的說：「沒有啊？」

「半夜三點多鐘，哇啦哇啦，有說有笑的。」

「是隔壁婆婆們打牌吧？」

「婆婆們裡面沒有山東人，是三個山東大漢說話呢。」

白外套的太太頓了一會兒，說：「噢，是老孫他們。」

影劇六村二百號以後的門牌，大多在下坡段。而菜市場剛好位於坡脊上，坡上坡下的眷戶，來到市場的方便程度一樣。下坡段的眷舍興建比較早，接近營區，但總坪數比較小，同排只有八家，面對面的八家固然有巷道相隔，而背靠背的另外八家，間距特小，以至於來到自家後段，聽聞背鄰家中說話，彷彿一家。

紅毛衣太太，就是住在白外套太太的正後方。

三百零九號，最一開始是十三號，後來擴大建村，上坡段蓋好之後，重編了門牌號碼，成了三百零九號。當初十三號裡，住著孫士官長。

孫士官長是山東人，沒有右手臂，整個兒沒了，和其他穿軍服的人見面，總見他立得特別直挺，彷彿是代替那條隱形的右臂，補強了不能行舉手禮的缺憾。人們並不是怕他，而是很難不去看他沒有手臂的右半邊，長久下來，鄰居總是打打招呼，很少對話。

他娶過一個山地姑娘，所以配了眷舍，但聽說老婆跑了。

每個月的最後一個禮拜六，總有兩個朋友來，是同一個單位的兩個同鄉，都沒結婚，住營房的。三個山東漢，在有眷舍的老鄉家裡聚聚，說說家鄉話，吃點饅頭、槓子頭，灌幾瓶兒黃白酒。

總是通宵達旦。老孫的其中一個朋友會說「武老二」：「武老二的雞巴長，他扭扭捏捏裝姑娘……」

另一個朋友的口頭禪是：「他奶奶媽了個屄！」

說完狂笑一串：「哈哈哈……」

老孫倒有節制，不一會兒會提醒：「小點兒聲兒，人家睡覺呢。」

曾經有人受不了，出聲罵回去：「肏你們姥姥！別人是在睡覺！」三人踹開了鄰居後門，鬧大了，驚動了白頭翁（憲兵），三個山東漢收斂了兩個月沒聚。

後來故態復萌，鄰居互相提醒：「這幾個是爆破大隊的，吃火藥當宵夜，少惹吧。」

孫士官長好長一段時間沒回來。有一天，軍方來了一批人，清點搬遷他的物品。聽說是「試驗新式手榴彈的時候怎麼怎麼了，一次炸掉了五、六個。」

重編門牌後，三百零九號住進了新的一家人，起先受過一點驚嚇，後來覺得他們沒有惡意，只是老鄉需要聚聚，逐漸也就聽不到了。

紅毛衣太太問道：「真不害怕呀？」白外套太太說：「一個月才一次，就當來了朋友，不嫌麻煩。」

籬笆姊姊

影劇六村八十三之一號是一道竹籬笆，沒有人住。

顧名思義，它是附著在八十三號旁的加蓋小屋，面對小土堆和大圍牆，大圍牆外是大馬路，有時為了方便，身手好一點的哥哥姊姊，都是直接翻牆出入，牆外就是公車站，正規走村子大門，得繞一大圈。

籬笆姊姊不住在八十三之一號，她好像住在下坡，但上坡三條巷的小朋友們都認得她。因為，籬笆姊姊總在八十三之一號門前，和美國人親嘴。

那年頭電視剛開播，黑白的電視節目裡，還沒有人親嘴，時裝電影裡偶爾有，武俠片裡沒有。鑽防空洞玩，偶爾會撞見國中生抱著親嘴，但裡面氣味不好，畫面也不怎麼好看。

籬笆姊姊和美國人親嘴好看，因為她長得漂亮。總是穿著淡藍色的洋裝短裙，腰上繫著銀色緞帶，大波浪卷的長髮，白白細細的長腿配一雙銀色細帶子的半高跟鞋。美國人也長得很好看，大鼻子，寬下巴。小朋友說：「Hello!」美國人會用中文說：「你好嗎？」他們很大方，盡興、忘情地親嘴，小朋友也不喧譁起鬨，遠遠靜靜地看，電視電影裡演的，都不如這個好看！美國人離開以前，會掏出一個扁扁、黃色的盒子，每個小朋友發一顆白色的「芝蘭口香糖」。

一個下雨天，不知誰家的電唱機放得好大聲：「Don't they know it's the end of the world?」襯著雨聲、英文歌，籬笆姊姊一個人在籬笆前站了一整個下午。

有好長一段時間沒看見籬笆姊姊，據說，因為美軍走了，那個美國人必須跟著走。有人說後來籬笆姊姊被接去美國了，也有人說是她自己找去美國的，有人說美軍王八蛋，對村子裡的少女始亂終棄。

但也有人曾經看到，籬笆姊姊還住在下坡那邊的家，變得好瘦好瘦，頭髮削得短短的，沒以前漂亮了。

又過了一陣子，在八十三之一號的籬笆前，有小朋友似乎看見籬笆姊姊，很巧的，那天又有人在聽英文歌：「Why does my heart go on beating? Why do these eyes of mine cry?」

八十三之一號始終是空屋，而且籬笆早已朽爛，清除掉了。

當年的小朋友後來都長大了，有些人離開了村子。但因為口耳相傳，新來的小朋友經過附近的時候，還會刻意找找，籬笆姊姊是不是在附近？

有人真真切切地看到過，只要聽到這首英文歌：「Don't they know it's the end of the world? It ended when you said goodbye.」籬笆姊姊的身影就會出現在那兒。

而且，下雨天會看得比較清楚。

紙娃娃

「黎千惠！走開啦！」這句話是黎千惠最常聽到，也是早已習慣了的喝斥。

黎千惠小嬰兒時候，媽媽給她洗澡，燒好一鍋熱水，還沒對進涼水盆，失手把女兒滑進滾水，燙壞了左鬢，一大塊明顯的禿皮。她已是子弟學校三年級的學生，為了遮掩左臉，經常戴著小黃帽，但老師不准在教室裡戴帽子，也交代過同學不要排斥黎千惠，但同學們看到那塊禿皮，還是不由自主的害怕。

王彩薇的爸爸去美國亞特蘭大開會，給她買了一整本的紙娃娃，據說是一部經典電影《亂世佳人》，女主角衣櫥裡的全部衣服，十九世紀的美國貴婦，各種舞會禮服、騎馬勁裝、農莊工作服，乃至鞋子、帽子、內衣、束腰……

全班的女生都冷落了自己在文具店買得的紙娃娃，全擠到王彩薇的座位前圍觀。

「黎千惠！走開啦！」獨獨針對黎千惠，她只要稍稍湊近，就會爆出這一句，來自不同的同學。

她放棄了，心灰意冷地離開了教室。去和美術老師要了一張圖畫紙。黎千惠的家，是影劇六村「萬里長城」和「護城河」夾縫間的那些散戶之一。當年還沒有開放結婚，她的媽媽先懷孕了，爸爸在城牆根上搭建小棚，陸續就生了六個，後來就地合法，編了門牌號碼。黎千惠是家裡老么，她沒有零用錢，也買不起雜貨鋪的紙娃娃。

她最喜歡班上那個叫馬霄漢的男生，上次美術課，老師規定畫「人像」，黎千惠就畫了馬霄漢打躲避球，躍起擊球的瞬間，老師誇獎說「是班上畫畫最有天分的學生」。老師也知道黎千惠的家境，所以決定無條件、無上限提供圖畫紙。

但是，被同學知道她喜歡馬霄漢，就該糟了！同學笑也就算了，馬霄漢卻再也不跟她說話。

黎千惠默默坐在角落、自己的座位上，用鉛筆畫下兩個紙娃娃，再用半銹了的「手牌小刀」仔細割下，一男一女，分別在背面寫下各自的名字。

放學時，她先走到王彩薇身側，舉起女娃娃，冷不防大喊：「王彩薇！」

王彩薇：「幹嘛啦！嚇死人啦！走開啦！」連三個嬌嗔。

黎千惠滿意地走開，然後到教室外，對馬霄漢做了同樣的事。

第二天上學，大家都覺得王彩薇不那麼好親近了，大家要求看紙娃娃，她也不拿出來。而馬霄漢更怪，不打躲避球，整日待在教室裡。

最恐怖的是，黎千惠坐在中間，王彩薇把郝思嘉從書上拆了下來，兩

個女生一起幫她換衣服。馬霄漢坐在另一邊，微笑看著，順便趕走想要湊近的其他人。

而且從那日起，她們三個形影不離，成了最要好的同學。

化妝

小巧要結婚了。

小巧是個俏麗的山地姑娘，阿姨嫁給老士官，小巧也被輾轉介紹給莊家幫傭，莊太太剛生了兒子，小巧也喜歡這個小名叫「胖蛋」的小公子。是投緣吧？莊太太的先生調到花蓮，很難回來一次，莊太太自己是軍區的雇員，胖蛋就託給了小巧，一歲多時，張嘴叫人，既不是「媽媽」，更不是「爸爸」，而是「小巧」。

胖蛋不吃飯，只要大眼睛的小巧餵；胖蛋不睡覺，只要會唱歌的小巧哄。很快的三年過去，小巧都十六歲了。

一天，胖蛋不知什麼原因，突然高燒不退，看了醫生也沒用，再不醒過來，腦子就要燒壞了。小巧和莊太太商量，她不知道自己該不該這麼做，但為了胖蛋，她要試一試。小巧的外婆，是部落裡的巫醫，她自小在一旁幫手，記得很多。

年輕的小巧，與外婆最大的不同，是沒有紋面。她借了莊太太的眼線筆，蘸著藍色印台的墨水，在自己的兩頰，畫上外婆的紋面圖樣，束起頭髮，唱起外婆的歌。過程中，胖蛋哭了，嚎啕大哭，夜裡也退燒了。但奇怪的是，從那之後，胖蛋一看到小巧就躲，他不要小巧了。部落有人帶話來，說小巧的外婆生病，需要她趕快回家。

再見到小巧是又三年後。原來，少女時代住在村子裡，也經常陪莊太太上菜市場，賣魚的老蕭，早就為大兒子物色好了媳婦，特別去部落提親，把小巧又娶回村子來。

就在菜市場擺了露天流水席，莊先生也回來，夫妻倆帶著剛升小學二年級的胖蛋，也去吃喜酒。看到穿著白紗的小巧，畫了很粗的眉毛，很藍的眼影，很紅的口紅，胖蛋忍著不哭，把臉藏到媽媽手臂裡。

莊媽媽邊笑邊責備：「臭小孩！都忘了小巧，小巧對你最好了！」胖蛋細聲地說：「就是她。」媽媽一頓，說：「什麼就是她？」兒子說：「就是我一直做的那個噩夢，過了大水溝有一個向下走的小房間，小房間裡有六扇門，都打不開，我一直哭一直哭，突然一扇門打開，小巧臉上畫著圖案，上來就抓住我。」

莊媽媽回想起幾年前，兒子高燒不退的那一次，彷彿想通了什麼，勸道：「我懂了，你小時候生病，就是小巧把你救回來的，那一天，她化了奇怪的妝，是要去嚇退害你生病的魔鬼。」

一說魔鬼，胖蛋差點哭出來：「她就是魔鬼！我的夢裡，她每次出現就是畫成這樣，而且長了三顆頭、六條手臂。」

七魄

來福不見了

芒果樹的附近有一顆大桑樹，芒果樹的正下方是一個防空洞，大桑樹在四十三號齊家的院子裡，季節一到，結的桑葚又黑又甜。

齊媽媽是本省人，同排的汪媽媽也是本省人，她們經常在齊家的院子裡，鉤毛線、說閩南語聊天。

汪媽媽的老三，剛上幼稚園，到齊媽媽家來採桑葚，邊採邊吃，盆兒裡沒有三兩，肚裡已經吞了一斤，吃得滿臉滿胸，都是黑紫色，他們家來福跟在旁邊，搖著尾巴，丟一顆桑葚給牠，聞聞舔舔，卻不吃。

來福是一隻雜種狗，短毛短腿，頭特別大，黑臉，兩顆黃點點眉毛。自己逛到汪家來，就待下不走了，所以取名叫來福。個性很好，誰叫牠，都會走過來打招呼。就是很臭，摸了牠要趕快洗手。

有一天，來福不見了。

有人說：「野狗，上別處去了。」有人說：「回牠原來的家去了。」但汪媽媽說：「都來我家一年多了，是我家的狗了。」又有人說：「該不會給哪個老廣吃了？」七嘴八舌推敲，齊叔叔的嫌疑最大。

因為，他是老廣。

大家盛傳：齊叔叔吃蛇，會活剝蛇皮，活摘蛇膽，下酒，一口喝掉。又說齊叔叔吃貓。某鄰居的大白貓，平日都在家裡，只不過跑出去一次，就再也沒回來。齊叔叔把貓和蛇一塊兒燉了，做成羹湯，是道廣東名菜「龍虎鬥」。加上雞，就是「龍虎鳳羹」，再加上鱉，就是「四聖燴」，青龍白虎朱雀玄武，到齊！

鄰居院裡的錦雞、池裡的幼鱉怎麼會消失的？這就說得通了！

說齊叔叔當然也吃老鼠，剛出生的，還沒長毛的小老鼠，生生粉嫩的活肉球，筷子一夾，「吱」一聲！沾沾醬油，「吱」一聲！嘴裡一咬，「吱」一聲！又是道廣東名菜，「三叫鼠」。

汪媽媽聽不下去，也受不了了，覺得和齊媽媽熟，直接挑明了問，但齊媽媽說，他們家老齊，是吃素的。

老廣怎麼可能是吃素的？定是深夜裡，剁切燉燒，趁黑把來福的皮骨廚餘埋了。汪媽媽越想越傷心，想像齊叔叔啃吃來福後腿的畫面，也越來越反胃。從此不再到齊家聊天了。

在齊家門口，用鼻子仔細聞，確實，那來福特有的餿臭味兒，還沒散呢。雖說死要見屍，但如果沒有特殊的肥料，他們家的桑葚怎麼能夠年年都結得又黑又甜呢？

九官鳥

梁太太四十多歲，是家庭主婦，講話有一點點南方口音，不確定是哪裡。梁先生是軍區的雇員，禿頭牙擦，看上去怕有六十了，但聽說他與梁太太同年。

梁先生騎著那台原是紅色的淑女腳踏車，前面籃子裡放著薄薄的舊公事包，龍頭把和後載物架同樣纏成咖啡色，載物架上還用蛋糕繩綑紮了海綿，那意思是可以方便梁太太側坐，但誰也不曾看過梁太太被先生的腳踏車載著出門。

梁先生每天準時六點回到一百一十四號的家，西裝褲怕磨到鏈條黑油，左右褲腿兒都用了褪色的粉紅塑膠衣夾夾著。接近家門口一拉煞車，跨腿兒下車一低頭，那幾絲僅存的條碼（雖然當年還沒發明條碼）會忽悠悠地飄起，梁先生反射動作，雙腳一著地，左手就順勢一胡，把條碼順過了地中海。

梁先生有個眾所周知的外號「死鬼」，原因很簡單。每天晚上總會聽見梁太太喊上幾聲：「死鬼！走開！」「死鬼！收好！」「死鬼！去扔掉！」

他們沒有小孩，卻不知道誰送給他們一隻九官鳥。那欠揍的鳥兒，剛來沒多久就學壞了，聽梁太太喊「死鬼」，就回應一聲「死鬼」，白天梁先生出門上班，牠便自己在簷下的籠子裡練習：「死鬼！死鬼！」多事的鄰居，經過梁家門口，會假裝不經意地喊一聲：「死鬼！」那欠揍的鳥兒就回應一聲：「死鬼！」

梁太太的弟弟，每天中午來姊姊家吃飯，他經常穿著米白色的薄夾克，頂多四十歲，一對瞇瞇眼，笑容可掬，梳個西裝頭。騎輛黑色的腳踏車，

龍頭上的鈴鐺共鳴特別好，可能是純銅的，一到門口「噹啷噹啷！」門就開了。

因為是中午，大部分的人都去上班，只有少數鄰居見過這個自稱：「我是梁太太弟弟」的男人，沒人知道梁太太娘家姓什麼？也就不知道該稱呼這位「什麼」先生了？

沒多久，簷下的九官鳥會說另一句話了：「討厭……」那「討」字發輕聲，「厭……」字還拉長音，特有一種南方人的語音嬌嗔。欠揍的鳥兒，向四鄰炫耀，牠會講兩句話了：「死鬼！」「討厭……」「死鬼！」「討厭……」「噹啷噹啷！」

有一天晚上，梁家夫妻打了一架，鳥籠被砸爛。第二天一早就來了憲兵，梁先生半夜在原來掛鳥籠的地方上吊了，據說頭上的「條碼」垂向反方向，露出了油亮亮的地中海，真成了死鬼。

怪的是，從那天起，梁太太的弟弟也不來吃中飯了。鄰居有人說：「既然他們家有中飯吃，那幹嘛死鬼要帶便當，弟弟卻天天來吃中飯？」

倒是那該死的鳥兒，並沒有飛遠，老在附近幾家的樹上徘徊，嘴裡還唸著：「死鬼！」「討厭……」「噹啷噹啷！」

晒書

丁老師五十多歲，就是一個人，沒有任何家人，丁零噹啷。他是子弟學校的老師，宿舍分配不夠，撥了一戶士官眷舍給他。

寒假最後幾天，眼看要開學，天氣忽地大放晴，各家的枕頭、棉被都頂上竹竿、鋪在椅背、跨在矮牆上晒著。丁老師晒書。真的是晒書，不是晒肚皮，雖然不是七月初七，趁著乍暖還寒的初春太陽，把幾本家鄉扛出來的線裝舊書，攤開晒晒。

進進出出，也忙出幾道汗溜子。丁老師用濕毛巾抹了把臉，搬出躺椅，模仿郝隆，也晒肚皮。太陽有點閃眼，丁老師脫去了厚重的黑膠框眼鏡，順手抓了一本沒有封皮的線裝書，蓋在臉上遮陽。竟自昏昏睡去。

上學期末，班上新來一轉學生，羞赧寡言，且不是眷村子弟，一口濃重的閩南語，三年級的小臺客，完整的國語還說不上二十句。丁老師鄉音也重，是舌頭帶勾兒的青島話，老師說一句，學生就點頭，再問他記住沒有？學生又搖頭。反反覆覆來來回回。班上五十個十歲大的蘿蔔頭吵鬧成一團，倒有一個調皮鬼來幫忙攪和，老師說一句青島話，他給胡亂翻譯成從電視布袋戲學來的閩南話，直說到：「順我者生，逆我者亡。」那臺客學生都笑了，丁老師才發現被小搗蛋唬了，一藤條抽出！被那小鬼閃過。

小鬼頭搶出教室門，在走廊上狂奔，丁老師勃然發作，想「今日非抽死你這小鬼」，決意追去。小的一路跑下樓，老的死命後頭追，忽地場景一換，來到大芒草叢裡，幾次幾乎伸手就要逮著，卻不想那小鬼滑溜，像兔子一樣蹦高，橫著一條大水溝，他也一蹦而過，鑽進一個小門洞裡。

丁老師沒細看，也追入洞裡。那該死的小孩，居然回頭做鬼臉、扭屁股，一副「抓不著！抓不著！」的促狹嘴臉，一轉身，推開側邊一扇門，鑽了出去。丁老師緊追上去，卻推不動那門？看看對面，也是一扇門，試著推推？拉拉？横拖？都撼動不得。

抬頭看見一個小光點，似是通風孔？丁老師抬頭望著那小孔，彷彿還在長高？越長越高、越離越遠，丁老師看不清楚，迷離間彷彿想起自己沒有戴眼鏡？用手摸摸鼻梁，剛好把書撥翻了，太陽晒臉，醒了過來。

驚覺好險，原來是個夢。仔細想想，夢中場景為何極度真實？教室、走廊、芒草叢、大水溝、那有門的房間、那光點？那搗蛋的學生，是誰？

丁老師抹了把臉，選擇忽略。摸著了眼鏡，戴回鼻梁，撿起剛才被撥到地下的書，一看，沒有封面的裸頁上，毛筆寫著《通玄經．解夢》。

蝦

一百七十八號的張爺爺過世了，幾乎一百歲，他孑然一身，全無親人。影劇六村幹事會議還特別請來軍法官，公開在管理站前宣讀張爺爺的遺囑。

不外乎就是受過哪位鄰居的照顧，所以把家裡的什麼什麼送給這位鄰居了。有人收到一張茶几，有人收到一套茶壺，大家不太有什麼感覺，收下，權當是對老人的尊重吧。

因為張爺爺幾乎是足不出戶，與鄰居互動極少，誰都跟他不算熟，過世前一年，甚至沒有人見過他。鄰長認定他還在的線索，來自賣魚的老蕭。

這老蕭收到的「遺產」也怪，一幅國畫立軸。老蕭很慎重地雙手握著，並沒有在人前展開，大家也覺得妙，這老蕭卻沒有足夠的書卷氣，怎會受贈國畫呢？

鄰長也姓張，和老蕭是子弟學校的同班同學，老哥們兒，下班收攤之後，也經常對飲兩杯。

這日老張又進老蕭家門，劈頭就問：「畫的什麼？」老蕭假裝沒聽懂老張的問題，但畢竟相熟了半輩子，四十多歲的老兄弟，騙不過去。

「媽屄咧！想裝蒜啊？」老張之所以貴為鄰長，就源自於這股豪邁的江湖調調兒，嘴巴不乾不淨，輕易卸除人們的心防：「你個屄養，怎麼買通老頭子的？」

老蕭沒回話，展開國畫立軸，就勾在月曆掛釘上。不足二尺，小小一軸，畫心更是只有一尺，留白甚多，只以黑墨點線，畫得兩隻大蝦。

老張看得眼直了，他不是看蝦，而是看落款，兩個字：「白石」。

「這他娘的可值錢了吧？」老張似是識貨。老蕭說：「值錢的不在於賣畫，而是供畫。」老張以眼神示意，老蕭操作起來，使一個尋常的塑膠臉盆，接半盆水，老蕭插話：「必須是井水，自來水無效。」將這水盆置放在立軸下。

老張似要開口，老蕭示意安靜，十分鐘之後，「咕咚！咕咚！」兩隻活大蝦，落入盆中。

老張眼珠子快瞪出來了，老蕭示意安靜，就看那畫，接連著「咕咚！咕咚！」一次兩隻地掉出活蝦，總計十隻。

「行了！」老蕭移開水盆，向畫軸抱拳一揖，捲起收好，說：「一天十隻，多了沒有。好幾年前我偶然發現院中牆角的盆裡莫名奇妙的有蝦，次日天不亮我就偷看，發現是隔壁張爺爺順著牆洞倒過來的，有時十隻、有時八隻。我就按照當天的市場價錢賣蝦，因為新鮮，總能賣掉，賣的錢，我分八成塞在牆洞上，他就收走。我知道一定有蹊蹺，果然，他把這幅畫送我，還留了字條，教我怎麼用。」

老張的心眼向來比較機靈，他想得遠：「既然有自己掉出蝦的畫，有沒有自己生出茶葉的罐罐？自己長出熟飯的瓷碗？自己冒出雞湯的砂鍋？這些寶貝被哪些鄰居收去了？啊！怪不得張爺爺都不用出門呀！」

大衛

大衛是村裡最勇敢的孩子。

大衛是誰家的孩子？應該有人知道，但不知道的人多。影劇六村上坡段的一百多戶，都知道有個大衛，他在各個巷子裡晃蕩晃蕩。

大衛十來歲，身體瘦，個頭高，那額頭尤其高得出奇，刻劃著不符年齡的十多條抬頭紋。眼睛顏色很淡，兩眼長得很近，近得乍看下，彷彿鬥雞眼。上下嘴脣鮮紅鮮紅，卻總是半張著，上排門牙沒了，手指經常摳在下牙床。

他的智能，被鎖在腦中神祕的區塊，以致神情異於常人。

七十七號的董奶奶是河南人，傍晚時分，一開門，叫：「打衛！膩賴！」（大衛！你來！）大衛就進了院子，奶奶給他吃個番茄，大衛坐在院裡小板凳上吃番茄，因為沒有門牙，汁液鑽出牙床的大縫隙，噴濺在胸口，奶奶皺眉頭，大衛傻笑著。吃完了，用院裡的水龍頭沖沖手、糊糊臉、摩挲摩挲胸口，傻笑。

他一年到頭，都是那套卡其制服，上頭繡的學號拆掉了。

傍晚時分，董奶奶一開門，叫：「打衛！膩賴！」大衛就進了院子，奶奶給他吃個油炸糕，圓圓扁扁軟軟，糯米皮、紅糖餡兒的油炸糕。大衛坐在院裡小板凳上吃油炸糕，因為沒有門牙，紅糖汁液鑽出牙床的大縫隙，噴濺在胸口，奶奶皺眉頭，大衛傻笑著。吃完了，用院裡的水龍頭沖沖手、糊糊臉、摩挲摩挲胸口，傻笑。

他一年到頭，都是那雙磨回原皮色的軍靴，鞋跟兒重釘過。

傍晚時分，董奶奶一開門，叫：「打衛！膩賴！」大衛就進了院子，奶奶給他吃個辣椒卷餅，荷葉餅，抹一層麵醬、辣椒，卷肉片兒、大蔥，

長條兒的卷餅。大衛坐在院裡小板凳上吃卷餅，因為沒有門牙，麵醬辣椒鑽出牙床的大縫隙，噴濺在胸口，奶奶皺眉頭，大衛傻笑著。吃完了，用院裡的水龍頭沖沖手、糊糊臉、摩挲摩挲胸口，傻笑。

一個夜裡，七十七號失火，四鄰都跑到屋外來，有人叫著「董奶奶！董奶奶！」卻無人應聲，好幾個媽媽都哭了。一個卡其高條人影左推右拽，鑽過人群，衝進了火場。大家都看見了，大衛要救董奶奶，大衛不顧一切，穿越大火的簾幕，要救董奶奶。「董奶奶不在家呀？」知情的鄰居後來才說：「董奶奶頭昏，去總醫院檢查身體，住院了。」

七十七號燒掉了。董奶奶再也沒回來。但是很多人堅稱，傍晚時分，還在院裡看見過大衛，開水龍頭，傻笑。

大衛是村裡最勇敢的孩子。

吃麵

向媽媽的小麵攤兒，在市場巷口，總是人滿為患。湯麵、湯米粉、乾麵、乾米粉，各分大小碗，再也沒別的樣式，每碗兩片水煮瘦肉，最多只能要求加蔥或不加蔥。水煮荷包蛋另點，可以要求老一點或嫩一點。

小姊妹已經混了很久，合吃一碗小湯麵，已經快一個鐘頭了，姊姊是小學生，妹妹上幼稚園。姊姊夾兩條麵條到小碗裡，妹妹拳握著兩根對她而言宛如樹幹的筷子，把麵條撥弄到碗邊，再把臉湊碗，吸掉麵條。

「我要喝湯。」妹妹要求，姊姊垮著臉道：「囉唆欸！喝完了。」妹妹突地推滿音量：「啊！我要喝湯！」姊姊也大聲：「小聲啦！回家告媽媽喔！」

向媽媽五十來歲，這兩個蘿蔔頭叫奶奶也有餘，舀著一勺湯，一步跨過來，把湯加到麵碗裡：「好，喝湯，不鬧喔，乖，快吃。」小的倒有禮貌，小聲說：「謝謝奶奶。」然後又轉向姊姊：「好燙。」姊姊白了一眼，用小湯匙舀了兩勺，分到小碗裡，吹吹。

向媽媽的攤子早上四點多就在準備，五點左右高湯燒好，就能煮麵，上早班的可以不餓肚子，上學的可以吃飽了再去。一路賣到中午，方便市場夥伴們吃了午飯再一塊兒收攤。不出門的鄰居也可以中午簡單吃個麵。

眼看快一點了，客人也幾乎走光，剩下角落一個伯伯，滋溜滋溜吸著麵條。向媽媽決定不理小姊妹，逕自收攤。卻在此時，一個清癯、卻大腹便便的少女走了進來：「向媽媽，還可以吃麵嗎？」她是熟人，向媽媽摸摸她額頭，說：「乖，還好還沒熄火！」向媽媽用破扇子呼搧呼搧，土爐裡的煤球最後一次發火，把湯又燒滾了。那少女捧著大腹坐下，面對小姊妹，又道：「向媽媽，今天想要兩碗不一樣，小碗米粉大碗麵，各加一個蛋。」那角落裡的伯伯聽到點餐，頓了一下。

妹妹大概把「加」字聽走了音，跳過姊姊，直接喊道：「奶奶！幫我下個蛋！」角落的伯伯哈哈地笑出聲來，向媽媽抹著汗，苦臉憋著笑，說道：「乖呀！奶奶會煮蛋，奶奶可不會下蛋哩！」

少女吃麵速度頗為流暢，微笑看著小姊妹，姊姊用湯匙接著蛋，逗弄妹妹，又把她逗得哇哇叫。她對妹妹說：「姊姊疼妳，逗妳玩兒的。」妹妹用一種「其實我早就知道了」的眼神回應這個不熟的小阿姨。向媽媽端走湯鍋，澆熄爐子，看著小姊妹和大腹少女前後離開。這才發現角落還有一個人。

角落伯伯問道：「這娃兒多年輕！就懷孕啦？飯量還這麼大！」「您不知道。」向媽媽解釋道：「媽媽帶她去照過X光，本應該是雙胞胎，另一個肉胎長在她肚子裡，也十六歲了，所以每次都得吃兩人份。」

蛋糕

潘太太有一個夢，想要一個生日蛋糕，不用太大，八吋的，巧克力蛋糕，上面再塗滿巧克力糖霜，市區的「百樂冰淇淋」買得到。

老公這個上尉當得頗辛苦，下部隊、打野外，三個月回不了一次家，老公的夢，是明年順利升少校。太太默念，還是讓他先圓了夢，自己的可以緩緩。

經過「百樂冰淇淋」的門口，她都不免對著模型多看一眼。一個完整的形狀、一塊切下來的三角形，顯現著層次：兩層蛋糕，中間一層夾心，頂層和四周塗著厚厚的糖霜，全都是巧克力！還加一朵巧克力奶油造型玫瑰花。潘太太心想：「這朵玫瑰花如果是粉紅色就更完美了。」

鄰居吳太太先生也是上尉，正好在人事單位擔任文職，聊天的時候暗示過，可以幫忙打聽潘先生的晉升。

這一天，兩位太太一起在院裡勾毛線，卻湊巧聊到了蛋糕。吳太太說，上次在軍官俱樂部參加司令的酒會，單位買來的就是「百樂」的巧克力蛋糕，十六吋的。聞起來那個香！嚐起來那個甜！齒頰間的柔滑！唇舌上的軟膩！

「那一天呀！」吳太太加強描述，以使得沒有在場的潘太太能身臨其境：「還有一種黑櫻桃，去籽，用紅酒醃過，配著香檳、蛋糕，簡直絕配！」

潘太太於是在自己腦中的烘焙料理台上，把「酒釀黑櫻桃」加了進去，兩層蛋糕之間的夾心裡，混著打碎的黑櫻桃，再用十二顆完整的在頂上布成一圈兒。不！要排成梅花的形狀，老公晉升少校，官階就是梅花，兩個願望合而為一！

當天晚上，她甚至做夢，具體看見了那個大蛋糕。夢中來到村子裡的

「黑森林」，是一場戶外酒會，吳先生、吳太太都在現場分享了蛋糕，吳太太吃著蛋糕，側著羨慕眼神，一句話也不說。

新年度任官令布達，有點出人意料，演習的時候，兩個義務役士兵誤用槍械，潘上尉遭到連坐，來年晉升無望了。反而是吳先生，無災無難，順利升上少校，在軍官俱樂部主辦餐會，潘家夫婦也被邀請，不想出席卻又不便失禮，只好到場。

十六吋的大蛋糕推了上來，巧克力大蛋糕，頂層用酒釀黑櫻桃排成大大的梅花形狀。吳太太故意調高了音量：「這個蛋糕，是我做夢夢到的，高人指點，我遵照夢裡指示訂做的，而且我們是在黑森林裡做蛋糕，所以酒釀黑櫻桃巧克力蛋糕，也可以命名為『黑森林』」。大家都分到薄薄一片，潘太太吃著自己夢想了半輩子的蛋糕，卻一點嚐不出味道。

歡愉的道喜聲中、熱烈的掌聲中，潘太太陷入了自我空寂的思維裡。這樣一個蛋糕，明明是在她的夢中，明明該是在她老公的晉升酒會上，蛋糕上的細節想像，潘太太不曾對任何人說過，怎會這麼一絲不差的，明擺在這裡呢？

七巧

跟誰打電話

夏日下午三點的管理站，風連大榕樹的鬚都吹不動，蔭涼偏斜，遮蔽不住房子。電扇左右擺頭，值班幹事正在辦公桌上接電話，為了上個月的幾張表格填錯的數字，正在挨刮。卻聽得窗邊有騷動。

一扇向外的窗戶邊，擺著一台軍用電話，沒有撥號鍵盤，一拿起話筒，總機便會出聲，向總機說明自己身分、說明掛接的號碼、以及對方身分、大名，總機驗證無誤，便會接通。但在戒嚴時期，所有的人工接線電話，都會同步錄音，講電話必須收斂，留心「隔牆有耳」。

他看到窗戶拉開，一個面熟的孩子攀上窗台，個頭不夠高，手臂跨越窗框都顯得吃力。這個五歲的男孩，叫小達，經常來打電話。他的姑姑在軍區裡擔任雇員，孩子的父母離異，於是小達暫時跟著姑姑住，經常端著大板凳來管理站，在窗外請總機接電話找姑姑。雖是個孩子，但經常請總機接線，也確實是聯絡親人，雖不完全符合電話應用規範，但總機多數也是「阿姨」，都方便通融。

幹事掛下剛才的電話，半腰聽著小達和那一頭的通話。

「我都自己刷牙，可是小飛象的杯子放在原來的家裡，我現在用的是大人的杯子。」說完一句，有一點間隔，是在聽那頭說話。

「李曉傑要抓蜻蜓，周康華丟石頭，想要嚇走蜻蜓，結果打中李曉傑的頭，流好多血嘆！後來老師打手板，周康華被打五下。」

有那麼一分鐘，小達沒說話，似在聽著那頭的話語。

「我不喜歡跟爸爸住，我也不喜歡跟媽媽，我要姑姑。」突然冒出這句，頓了一下下，接著說：「可是爸爸喝酒，喝酒回來就罵我，還打我。」

「妳什麼時候回來？」順著「回來」二字，他「哇」地決堤了。電話那頭似在安撫，小達「嗯、嗯」地回應著，大概又有一分鐘沒說話。接著，說了幾個「好」，向那頭道別。

話筒頗重，小達抓不穩，一直掛不回準確位置。幹事走向窗框，接過話筒，掛了回去。「謝謝。」村子長大的小孩通常禮貌都很周到。「不客氣。」幹事輕聲問道：「小達，又跟姑姑打電話呀？」「嗯。」「姑姑去哪裡了？不回來？」「姑姑回老家了。」幹事電了一下，續問：「回什麼老家？」「大陸老家。」幹事頗覺不妙，追問：「什麼時候的事情？」「上禮拜。」

小達說著又要哭了：「姑姑騎車上班，被大車撞倒，去住醫院。後來爸爸就把我接回去，說姑姑回大陸老家，再也不回來了。」一邊說著，端起了板凳，兩行豆大的眼淚滑下來，著實委屈。

回營報到

陶姥爺九十歲了，身子硬朗，每天走一萬步。村子很小，來回穿盡了所有的巷弄，差不多就走夠了，但有時膩了，換換路線，就會走到村外的馬路上來。

影劇六村是營區周邊其中一個眷村，最接近營區的南大門，南大門和北大門都是軍隊的形象，豪邁雄壯，由陸戰隊的警衛營站崗，經常可見黑頭轎車出入。

營區的東側門雖然比較窄，卻是特別忙碌。在營區裡上班的人們，都是從東側門進出，交通車、補給車也都走東側門。每逢星期日晚上，阿兵哥們休假結束，回營報到，東側門就像是主題樂園的大門口，大長串的人龍，檢查證件、檢查隨身物品，進管制區之後，卡車停在路旁，阿兵哥認了自己單位番號上車，接駁到各單位營房。

最壯觀的，是綿延幾百公尺的攤販。距離東側門不到兩公里，是公車總站，收假的阿兵哥，回來早的，吃吃逛逛，慢慢晃過去。稍微回來晚了的阿兵哥，背著背包小跑步，是常見的景象。實在已經誤了時間的阿兵哥，會合租計程車，短程狂飆到東側門。

陶姥爺是跟著兒子來臺灣的，老伴早就過世，兒子又調差去了別處，他一人住在村子裡。年紀大，人緣卻很好，說說笑笑的，也愛管管鄰居的閒事。

陶姥爺管過一檔閒事。那天下午耽誤了走路，快九點了，決定補走。看看村外馬路，路燈明亮，一時興起就逛出來了。由於接近營區南大門，馬路上沒有任何商家，是一條空路，兩旁鳳凰木，自然形成了綠蔭步道。路燈隔著細碎的葉子閃爍，很有南國情調。

接近營區大門，看見一個阿兵哥，背著大背包，低著頭在哭。

陶姥爺熟知營區習慣，劈頭就說：「小夥子！要遲到了吧？怎麼在這邊呢？該去東側門呀！」

那阿兵哥沒回話，只是啜泣。

好巧的來了一輛計程車，深紅色車身，黑色車頂，那年頭還沒有規定計程車必須是「小黃」。陶姥爺一招手，車停下，他拉開後門，讓阿兵哥上車，自己坐前端副駕駛座，對司機說：「東側門。」

一路上，那司機沒說話。經過公車總站，看那些攤販正在收攤，阿兵哥都回營了，下個禮拜見了。陶姥爺語帶責備，兼有疼惜：「是新兵吧？還搞不清集合的門，下錯車了吧？當兵又沒錢坐計程車，不怕，這趟車錢我請客。」

東側門到了，車停，陶姥爺等了半天，後座沒動靜，他邊回頭邊說：「小夥子還愣著，下車呀？」定神看清，後座沒有人，陶姥爺回臉看著那計程車司機。

司機停頓了一會兒，說：「五十塊。」

散步

老曾是四川人，小時候在老家經常幫忙奶奶做豆瓣醬，一門家傳小手藝，沒想到來到臺灣，成了安身立命的絕活兒。

老士官退下來，錢也不夠花，原本只是聊慰思鄉之情，做點豆瓣醬配飯、拌麵，做多了，分享左鄰右舍。不想名聲傳開了，有間接吃過老曾豆瓣醬的陌生人上門詢問賣價？老曾毅然決定半百創業，就在市場最底角落頂了一攤，兼醃榨菜、釀豆腐乳，一夕間，「老曾醬園」居然成了影劇六村以外都知名的品牌。

所謂市場，是違章建築積年累月，就地合法的畸零聚落，都掛上影劇六村的門牌號碼，但是，那些切割的、頂讓的、後來依附的，就跑出「之一」、「之二」、「之三」的門牌，明明只有十幾個號碼，實際上，這裡擠了三十多戶，都是攤商。門面是攤位，小院、客廳是倉儲，最底端擺個簡單的榻鋪，睡覺。

也是做出興趣來了，除了家傳的四川豆瓣醬，老曾後來學會的客家福菜、東北酸菜、湖南榨菜，都頗具特色，尤其，「紹興醉方」堪稱一絕！

「紹興醉方」是一種豆腐乳，顧名思義是帶有酒香的豆腐乳，用紹興酒當佐料釀製。臺灣雖不是浙江，卻生產紹興酒，關鍵因素不是別人，正是「蔣老先生」。老曾有紹興酒可用，釀製「醉方」，輕而易舉，連浙江來臺鄉親，都說吃了會想家呢。

那一晚，就是為蒸好的豆腐乳裝罐，一盞小燈泡下，一塊一塊地排進玻璃瓶裡，急不得，頗耗時間，一百罐紹興醉方裝好、封蓋，得要擺上三個月發酵。老曾直忙得兩眼發花，一沾臥榻，瞬間睡去。

感覺也就是剛闔上眼，就被敲醒，老曾勉強睜開昏花的兩眼，迷濛間，看似一個兒童站在門口，拿手中的棍子敲門框「叩叩！叩叩！」老曾沒好氣：「格老子！幾點啦？不賣！」來人好濃的寧波口音：「阿拉買醉方。」老曾心頭奇異感瞬間劃過：「幾歲娃兒？說家鄉話？」回道：「三個月才有！」昏睡回去。

第二天，管理站值班幹事廣播，請老曾去一趟。老曾便走捷徑，是市場兩個住戶隔牆的縫隙，剛好夠鑽一個瘦子，小孩兒、小狗兒倒是穿行無阻。老曾來到管理站，幹事指一指管理站前的「老先生」銅像，腳跟處，一罐「紹興醉方」。老曾奇怪，這是昨夜才在裝罐的新釀豆腐乳，怎會在此？

看那老先生銅像，並非等身比例，半人高，身著中山裝，左手叉腰，右手拄著拐杖。頭大了些，腿短了些，遠看身影，像個兒童。

幹事有意無意地，聽似風涼話：「東西要收好，老先生半夜散步，會帶宵夜回來。」

心情

安小姐只有一個人，獨自生活。

嫁給軍人，才剛住進眷村，當連長的先生被演習的手榴彈破片劃過了大腿動脈。安小姐認了命，領著撫卹，安靜的生活，卻也沒有了心情。

所謂「沒有」心情，就是無喜、無悲、無期待、無好惡，久而久之，甚至對任何事都無所謂了。十年過去，自己也不是一個多年輕的「小姐」。鄰居添了孩子，她沒有心情，走了老人，她也沒有心情，乃至於她自己家停水、停電、掉了錢、遭了小偷，都是一副無所謂的樣子。長輩關心她，故意用重重的語氣說了她兩句，也並不生氣傷心，還是無所謂。

然而她卻仔細想想，沒有心情，確實不是長久之計。於是取出了那對杯子，那是公公從河南帶出來的一對「月白」茶碗，結婚時，鄭重地交付給小夫妻倆，據說能「交心」：「交換心情」，這是夫妻相處的關鍵奧妙。卻不想新婚就沒了丈夫，杯子從未拿來應驗過。

這對茶碗，得用來喝熱茶。急須裡的茶湯，得剛好平均分注兩碗，喝茶的兩人，各喝一半，然後換杯，再喝掉另一半。這麼一來，便可交換心情……安小姐賺到，因為她原本沒有心情與別人「交換」，其實都是吸來別人既有的心情。有心情的人，只會受到沒有心情的短暫困惑，不會持續。然而，吸取別人的心情，也不能持久，也只是短暫地獲得感受。

於是，生了孩子的姊妹，請來家裡「喝茶」，交換了夾纏煩惱的喜悅。走了父親的阿姨請來家裡「喝茶」，交換了如釋重負的傷感。那對她帶著幾分責備語氣的婆婆，換給她的，居然是寬廣無私的博愛，多難得！一個幾乎一無所有的老人，滿懷對世人無差別的關愛，安小姐有一陣子天天和婆婆「喝茶」。

某早晨，送牛奶的大姊一個手滑，打破了一瓶牛奶，正被安小姐見著，她持了掃帚、畚箕，幫忙掃，邀請大姊進屋來洗手，順便「喝茶」壓壓驚。

這位大姊自小是個養女，從不知親生父母是誰。九歲又被賣做童養媳，十九歲時與十六歲的小丈夫圓了房，懷上了小小子。這短命父子大的去當兵，操死在營區裡，小的四個月小產。苦命的女人頓時失去了一切，很快地，也就失去了各種心情。可以說，她比安小姐還「沒心情」。

才喝完第一杯茶，兩個沒心情的女人，互相交換了沒心情，一片空白。兩人失神互望，彼此眼神越望越空，送牛奶大姊似乎有意再喝一杯，木然的眼神沒注意到茶碗的準確位置，「哐啷！」瞬間打破了一個。

只剩一個茶碗，再也不能「交換」了。

塗鴉

于承宗快速鑽進自家院子，拉開紗門，身子順勢一滑，坐在那張背上有裂縫的藤椅上，眼睛隔著窗戶，瞄著院外大門。

「滋……滋……」電鈴該換了，叮咚聲早已是過去式，只剩下震波聲。于承宗心往下沉，事情終歸是要曝光了。媽媽的喊聲從後屋傳來：「去看看是誰來了？」

還剩一年，于承宗就要小學畢業，偏在這時換來一個新的級任老師，這陳老師黑黑皺皺的臉，看上去比所有人的媽媽都老，偏就因為黑，那不算大的眼睛卻顯得特別亮。于承宗第三堂下課在教室外的牆角吃了一個滷雞腿，被多事的李霞倩看到，告訴老師。這件事情的特別處，在於全班只有七個學生是留校吃便當，其他人中午放學回家，下午一點半再返校，而帶便當的人都說沒有掉雞腿，那于承宗的雞腿哪來的？一定是別班同學的！想想，中午掀開便當盒蓋，卻發現媽媽辛辛苦苦滷的雞腿不見了，該是多傷心啊！

這于承宗卻是死鴨子嘴硬，絲毫不漏半點口風，老師問不出所以然，決定尾隨他回家。

媽媽一頭汗，從後屋走出來：「誰按電鈴？」瞪了于承宗一眼：「你怎麼不管事呢？」大門根本沒關，陳老師就站在門外，細聲細氣地和于媽媽說起話來。

于承宗真的不知道該怎麼解釋？那雞腿是畫出來的。爸爸抽屜裡的塗鴉本，夾著一張照片。于承宗還沒出生，爸爸派去敵後出任務，再也沒回來。從未見過爸爸的他，辨認全靠這張照片。這塗鴉本大部分是空頁，于承宗只要專注用心地畫，就能成真。那日忘了帶手帕，緊急畫了一個。規定黑球鞋配黑襪子，那天穿錯，也是緊急畫了一雙。

老師走了，媽媽進屋來。「媽媽……」于承宗堅定地、慢慢地說：「我向妳保證，我沒有偷，也沒有搶，東西既不是買來的，也不是別人送的，只是很難解釋，妳要相信我。」媽媽頓了一頓，說道：「你沒有爸爸，一定要更加自愛，不可以讓別人瞧不起，說你這樣那樣，都是因為沒有爸爸。我們雖然領的錢很有限，又不是買不起東西，尤其不會餓著你。」

于承宗只知道，那個爸爸遺留下來的舊塗鴉本，灰灰的皮，黑邊框框，只要專心畫，就能把任何東西畫出來。

媽媽噙著淚不說話，去了後屋。于承宗去到爸爸的書桌，攤開塗鴉本，前幾頁是爸爸以前畫的，畫的有衣服、帽子、手槍。他快速翻到最後一頁，那是他自己按著爸爸遺照，再以著媽媽說的事情，一點一點拼湊出來的畫像。他現在想的是：「媽媽說爸爸後來眉上有道疤，究竟是在左邊還是右邊呢？」

神行草鞋

那是在浙江嘉興，出發往臺灣來的最後一個晚上。一個名叫廉子興的東北學生，鄭重地、雙手端著這雙草鞋，對他的同學師念華說：「這是我娘親手編的，交代我，若遇到萬般緊急時刻，穿上跑，管他槍林彈雨，都能追星趕月，化險為夷。我們一路有驚無險地來到這裡，都沒用上，現在，我要回家，不跟你們去了，草鞋你收著，或者有一天能用上。」

師念華妥慎地收藏著，一直也沒捨得穿，草鞋早成了一件懷念同學的紀念品。不覺二十多年過去，他從軍職退了下來，轉調聘雇人員，妻子早逝，單親拉拔兩個兒子，前後只差一歲，老大師敬賢高中恐怕要第二次落榜，老二師敬達今年也沒考好。拿著補習班解題的答案卷，兩兄弟逐題逐項罵著：「這題怎麼會A呀？我算了兩遍答案都是C！」「有陷阱，被拐了！」

老爸不知是真不以為意，還是失望透頂，悻悻說道：「我看都別念了，早點當兵，兵當回來到工廠報到，你們註定幹粗活兒了。」兩兄弟對望一眼，雖然對於「幹粗活兒」沒什麼具體概念，但從老爸語氣聽來，也絕非什麼輕省事兒。「哎呀註定」老爸每次要話說從頭，都有這樣一個發語詞：「當初，我們是想念書沒得念，打仗啊，活命都不容易。現在好，都可以安安心心念書，卻都不念，看不停的電視，打不完的球。你媽要是還在，都不至於這樣！我要有機會跑回從前，拚死命也要多讀兩年書呀。」

弟弟心頭突然一震！「跑回從前？」「爸，」師敬達說道：「你不是說我們家有一雙草鞋，可以追星趕月？」老爸斜眼瞟了一下，「哼」了一聲，並不答話，推著腳踏車，出門買菸去了。

弟弟知道草鞋在哪兒，掀開樟木箱，就擺在最上面。雖然套著塑膠套，但是經年累月放著，草鞋樣子雖在，但恐怕禁不起穿了。「你要幹嘛？」哥哥問。「你等著，哥。」弟弟寫好小字條，握著手上那一捲總解題道：「回去給我們送答案。」

是呀，同學當年說得很清楚，這鞋可以「追星趕月」，但師先生只當成是一句浪漫話語，這四個字聽在他兒子耳裡，變成了物理上的意義。弟弟搬開茶几，將所有家具推靠邊，挪出空場，綁好鞋帶，就在屋裡倒著繞圈快走，越走越快、越走越快、逐漸成了小跑步，家具模糊了，牆壁模糊了，哥哥也模糊了。

一會兒，定身下來，立刻跑去翻看牆上日曆，確定後，把字條和那份解題塞進了一個抽屜裡。接著，向前順向繞圈，直到看見哥哥。

放榜了，師家門口燃起兩掛大紅鞭炮，鄰居川流不息來道喜，都說師先生苦盡甘來，養出一對好兒子！今年省中第一志願，師家兄弟同分雙狀元！

畫臉

小七是個淘氣的孩子。他喜歡畫畫，能在紙上畫，能在書上畫，能在牆上畫，能在地上畫，給他顏色，能把籬笆變成彩虹，給他樹枝，能把土堆畫成陣圖。

最近迷上了臉譜。不知從哪個報攤兒上找到一本老畫報，介紹軍中劇隊，臉譜畫師介紹了幾款臉譜的圖樣，小七著迷地研究，就快把那幾頁畫報都看穿了。於是，村子的牆上、地上，隨處可見「張飛」、「項羽」，隔日的報紙上畫著「周倉」、「黃蓋」、「焦贊」、「孟良」。

小七好想真正畫在人臉上。他弄來一枝藍色簽字筆，在幼稚園弟弟的臉上勾了一塊「豆腐乾」，十足像「蔣幹」，被老媽用雞毛撢狠抽了一頓。

隔壁二百二十三號的小白，是一隻溫和的好狗，小七叫：「小白！」小白就「嘿嘿嘿」地來了，糊里糊塗地被勾了一臉「十字門」，打了幾個噴嚏，回去了。主人彭媽媽的呼喊聲穿透了牆壁：「天哪！小白！誰畫的！」小七又被抽了。

改變策略，畫別的狗，那些住得遠一點，不熟的狗。但凡長毛的，畫不上，原本就黑臉、花臉的，畫不出意思，一律放過。然而，那越是純色短毛的，白臉黃臉的，斷不能讓牠跑了。

狗臉不同於人臉，有長有方、有尖有圓，各種眼窩、眉子、額頭，在畫的過程中要隨機應變，小七深有心得。要知道，村子裡可說是沒有野狗，就算是無主的流浪犬，願意住進村子，混吃混喝，那個性都是極其溫和的。小七拿包五香乖乖，就都上當了，很快的，滿村狗臉上都有臉譜，被他畫光了。

還是好想真正畫在人臉上。

看見隔壁彭伯伯仰躺在院裡躺椅上午睡，小七忽地開了竅！他從書法練習簿上撕下一頁宣紙，裁剪成蛋形人臉，剪去鼻竇以下的嘴和下巴，只要兩頰、額頭，預先挖去眼洞。羊毫大楷蘸飽了墨汁，端端正正，左右對稱地一張「三塊瓦」，額頭正前，一個渾圓的太極圖，這是蜀漢名將「姜維」的臉譜。小七輕輕巧巧地爬上矮牆，探身到隔壁，隨著彭伯伯的鼾聲韻律，利用他額上的汗珠，把「姜維」準確地黏貼上去。

小七伏在牆頭，欣賞自己的大作，很是得意。小七這次並沒有挨抽，大概是因為狀況太嚴重，以致用宣紙轉印臉譜的小事被忽略了。

不知怎地，彭伯伯那一覺睡得醒不過來，救護車來了。幾天以後，出院回家，說是腦部一度缺氧，自此之後，變得有些傻氣，別人叫他都不應。聽說，不能在別人睡覺的時候畫他臉，否則魂魄離身，飄回來的時候看到自己卻不認識，安不回來，就會出現這種失魂落魄的症狀。

二馬中元

七情

背詩

「話說陶淵明和白居易的菊喲，
蘇東坡對望的麻雀喲喝嘿！
杜甫對飲的老翁在不在喲？
爸爸離去的門口媽媽的望喲！
家喲家喲。」
「怎麼著？不對呀？」老先生望向老太太，說：「第一段是『喲』，第二段才是『欸』，妳聽嘛。」
「劉備的兒子趙子龍的槍欸！
瑜亮打的賭欸！

黃蓋的火箭欸！曹操的鬍子哎喲喲！

少年牽著姑娘的手過了海欸。

船欸船欸。」

「對吧？」老先生啜口茶，潤潤嗓子。續道：「我自己寫的，自己記得。雖然幾十個年頭了，記得一字不差。」說話的時候眼角瞄著妻子，但盼她說點什麼。但老太太似乎滿足於當下，不願壞了興致，只瞇著眼微笑，似有點頭。

夕陽西下，陽光斜斜翻進院子，把整個紅磚牆鋪得暖烘烘。老人家天天如此，擺列椅子、小几，用高玻璃杯泡茶，端著自己的破本子，搶著天光，背詩。當年也是好好上過學的，趕上了五四，和那些人上過街、開過會、吵過架。時局變動，輾轉來臺，在軍校講課，乃至退休。

鄰居有時從門外過，也駐足傾聽，但沒人出聲打擾。大家好羨慕，這麼深情的老先生，天天還背詩給老伴兒聽。

「那我要背第三段了，是當年寫給妳的，每次唸到這兒妳就臉紅跑掉。今天一定要聽完，好不好？」看老太太不動聲色，似是准了。老人開始：

「陌頭的楊柳城南的桑呀！

小軒也是一扇窗呀。

燒壞的豆腐死鹹的菜呀。

撫著我臉粗臘的手呀！

妻呀妻呀。」

看天黑了，老先生開始收拾，撂下一句：「說好了，不准先走，要等我。」

每天下午都是這樣，老先生一個人，搬兩把椅子，坐在院中，趁著西斜的餘暉，背自己寫的詩。

大蒜

關叔叔蹲著吃麵。

也不用碗，就用煮麵的小鋁鍋，半鍋水，上電爐子燒，水開了，丟三把麵條。一邊煮麵，一邊拍大蒜、小黃瓜。麵煮好，瀝掉湯水，拍好的大蒜、黃瓜丟進鍋裡，淋上烏醋，一勺豬油，拌！

而且非得蹲著吃。據說是因為坐著吃感覺不到飽，會接著吃，等到覺得飽，就過量，站不起來了。當然更不能站著吃，會吃得更多，感覺到飽時連路都走不動，就撐死了。唯有蹲著吃最合宜，一小鍋麵，都吃下去，感覺那麵條都已經飽到嗓子眼兒了！過一會兒再站起來，麵往下一沉，既到位又絕不過量。

從營區延伸出一條單線鐵道，是軍需物資、車輛往來縱貫鐵路火車站的重要設施，平時沒有固定班次，只在有車的時候有車。那天，關叔叔只是路過，恰巧看見三個小學生走鐵軌玩兒，互相推擠打鬧，一個跌了跤，車來了！兩個跳了開來，跌跤那個眼看來不及了！關叔叔上去猛力一抱，把小學生拋離鐵道，自己卻捲進去了。

關叔叔不止吃麵加大蒜，炒青菜加大蒜、炒肉絲加大蒜、燒湯加大蒜，吃餃子，當然必得配整粒的生大蒜。以至於，他說話、他喘氣、他流汗，無時不飄散著蒜味兒。人說：「關叔！少吃點大蒜，味道太重了！」他回說：「那好辦，下次我多帶著蒜粒兒出門，到哪兒一坐定，就掏一個出來踩爛，整屋都是蒜味兒，就不懷疑是我了！」

關叔叔其實娶了老婆，所以配給眷村的房舍。但那女人是受不了太濃的大蒜味兒？還是根本就愛玩兒？三天兩頭的不回家，後來演變成一個多月回一次家，最近，已是半年不見人影。這趟回來，名義上是奔喪，其實是有撫卹可領。看她打扮入時，卻得在客廳靈堂披麻戴孝的勉強模樣，也是可憐哪。

三個小學生在級任老師陪同下，到達靈堂。三個少年，顯然已被老師嚴格感化過了，胳臂上纏著黑布，已哭腫的六隻眼睛，再次決堤！哭得咿咿呀呀。老師沉痛的語氣，再次責備三個學生：「關叔叔犧牲生命，換來你們三個繼續活命的機會，你們必不可辜負關叔叔，要努力用功、珍惜生命、報效國家！」三個哭喊得像是死了親爹，一齊跪下，給救命恩人磕了三個響頭。那女人一抹似笑不笑的眼神，恰被老師瞥見。

里幹事與關叔叔私交不錯，對著廳堂遺照，說了老朋友如何吃麵、如何吃大蒜的往事。說著說著，眾人同時聞到了，只是不能確定，是不是後屋傳來的？

一股濃郁的蒜味兒飄了起來，蓋過了香爐裡的線香味兒。

司馬懿進城了

司馬懿調轉頭來，對城樓上的對頭呼喊道：「諸葛亮啊！孔明！你實城也罷，虛城也罷，老夫不進你的城，不上你的當啊！」又對司馬師說道：「三軍聽令！將後隊改為前隊，大軍倒退四十里！」城頭上的軍師，羽扇綸巾，看見兵退，倒抽一口冷氣，輕呼：「好險哪！」

尹老師是唐山人，家族是影戲演師，自己因耳濡目染，也能搬演。隨軍來臺編入康樂隊，直到退休，一直孤身一人。

客廳牆上一幅立體戲畫，正表現「武侯彈琴退仲達」的劇情，八十公分見方的木框，畫面分成左右，左邊司馬懿騎在馬上，正向畫外退去，身旁跟隨一個執戟的兵卒。右邊一座城樓，牌匾上書「西城」，城門大開，一個老卒正在掃地，樓上諸葛亮端坐，短鬚飄逸，正在撫琴。

這個畫面不是畫的，而是一套皮影戲偶擺弄而成。尹老師家鄉是傳統皮影戲的寶地，戲偶多半是用驢皮雕製，兩面上色，透光度也好，偶頭、服裝、小物、兵器都可以任意插換，關節多、靈活度也好，配唱蹦蹦戲、京劇，都很融合。退休後，大部分從家鄉帶出來的戲偶也都銷毀了，他精心整理出這個「空城計」的畫面，框裱起來，做個紀念。

這畫面的布局，一如傳統戲台的方位概念，「出將」、「入相」。從觀眾的視角來說，畫面的左邊是「外來者」，所以司馬懿在左邊。城樓則架設在右邊，完全與真人戲台的表演文化相符合。尹老師很是得意這個擺設，既緬懷家鄉，又彰顯自己的專業。

也就是突如其來的那一天，尹老師彷彿聽見畫框傳出聲音，側耳細聽？琴聲未鳴、兵馬未動，倒似一種撕裂聲？念頭剛過，「哐！」一響！畫框吊索綳斷，跌落地面。尹老師一急，彎腰拉拽畫框，大概就是太急了，彎腰再起動作太劇烈，眼前一黑，倒了下去，視覺消失前的最後畫面，是戲偶凌亂散地，司馬懿、諸葛亮史無前例地擁抱在一起了。

虧得村子裡的鄰居，經常走動，將中風的尹老師快送醫院。幾個月後批准回家靜養，鄰居幫忙，將臥鋪搭在了客廳，方便進出。尹老師看見那跌落的畫框，也在不知道是誰的打理下，掛回了原位……畫面……好像不對？

城牆被放到了畫面左邊，城門也朝向左邊，城上的諸葛亮身體朝向城外，頭卻反轉一百八十度看進城內，司馬懿騎在馬上，也回頭望向諸葛亮。

尹老師躺在床上，眼睛直盯盯地望著畫框，嘴唇抽動著，心裡急，卻說不出話來。「王八蛋啊……司馬懿進城了……」

西城
司

木馬

小潔的木馬是爸爸親手做的。

木匠那兒有一些邊角材料，是切紅豆杉剩下的。小潔的爸爸是軍區雇員，專門負責辦公室家具的採購、製作，最近受命要為司令部的貴賓室做一套沙發，選木料的時候意外多得到了幾片木料。木匠展示了正在雕刻中的一座擺件：高達二百公分的蟠龍，是鐵工廠董事長訂製的，木匠說：「做龍最費材料，龍的體型，越是彎曲變化越能活靈活現，因此，要挖切掉的木料就多，剩下的往往做不成大物件，只能做些盒子、串珠等小東西。零碎的紅豆杉要是知道自己主要的部分，居然刻成一條龍？會很不甘心喏！」

那木馬對幼稚園大班的女童而言，明顯過大些，但好處是，就算騎到小學三年級，應該都還坐得進去。最興奮的卻不是小潔，而是隔鄰的管家兄弟，大管十歲，剛上四年級，二管八歲，二年級。

由於小潔對這匹過大的木馬興趣缺缺，大管二管兄弟一會兒就過來逛逛，跨坐、試騎，一開始的時候還挺斯文，畢竟自己是客，並非木馬主人。

小潔爸爸造的木馬，最大的特色就是一對月牙雙軌，彎曲度特大，小孩坐上去，輕輕一晃，就能產生漣漪，所以也就不能太用力，最好有大人一旁扶著。小潔不太喜歡的原因，也就是因為晃了容易頭昏。

那是個大陰天，遠遠飄來的濕霉味，預告了即將登場的陣雨。管家兄弟在小潔家院中為了誰先騎木馬有了小爭執，最後，由馬主人小潔指定，弟弟先騎。

二管一邊享受著大幅搖擺的舒爽，一邊咧嘴吐舌頭，這小子雖才八歲，卻先天有著因得意而做出的下流表情。搖啊搖啊！越搖幅度越大，突然間

「噠」地一聲，木馬擺盪到頭上尾下的瞬間，停滯住了，而且，前腳脫離了雙軌，人立起來！二管撐不住，溜滑下來，屁股著地，像是肉案上的豬五花被重重甩下的聲響，「啪！」可把他哥哥笑歪了。二管落地的同時，木馬前腿又站回了雙軌，像沒發生一樣。

大管有了「馴馬」的理由，居然摔了親弟弟，哥哥可得報仇，一坐上馬背，立刻展現屠龍者的氣魄，皺著眉頭、抿著嘴唇，勇猛地甩晃！一下！兩下！第三下！同樣的一聲「噠！」這次卻輪到後腿脫離了雙軌，倒掀起來，把個大管向前掀翻出去，全臉著地，「咚！」一聲脆響，剛長齊的兩顆門牙沒了。十歲了，換過的門牙不會再長。

都說是馬頭太重，因此前後搖晃時，重心會前傾。

但小潔知道並不是，因為當天她親眼看見，大管捂著嘴，哭著回家的同時，天下大雨，那脫離了雙軌的木馬，趁著雨勢，「咯噠咯噠」地，自己跑掉了。

御劍

苗老爹喜歡安靜，但眷村從不是真正「安靜」的地方。一路走來島上，一家只剩下懷中的小女兒。女兒長大嫁人了，這兩年，正在規劃自己的退休生活，就想讀讀書、種種花，過一點一生難得的平凡時光。然而，被各種俗務煩吵，兼任鄰長，得過問閒事，哪兩家的太太為了水溝回堵吵架囉、她們的兒子互扔石頭砸破頭囉、誰又往誰的信箱裡塞死耗子囉……吵啊！然而，最吵的，是他自己家的一把短劍。

那把短劍，是大戰時期，日本海軍的佩劍，一尺多長，比西瓜刀還短些、窄些，直身單刃，黑色鑲黃銅的劍鞘、握柄上點綴著櫻花，鞘口一個彈簧釦，歸鞘時能把劍咬住，兩個銅圈掛耳，方便鉤掛腰帶。別錯以為是抗戰勝利的戰利品，苗老爹是天津人，長久以來，天津便是中國北方大港，帝國主義侵略開始，日本商人服膺祖國徵召，穿上軍服，與早年打好關係的中國朋友，以不動槍砲的方式入侵華北，建立「大東亞共榮圈」，各地的朋友也以不傷生為原則，暫時服從。是「漢奸」嗎？當然不！以張自忠為代表人物，華北各地，奉中央指令「不抵抗」。

抗戰勝利，被動奉令的日本人並不覺得戰敗的恥辱，也就沒用短劍切腹。感念過程中一切的寬容與原諒，解劍向朋友投降。苗老爹以珍藏一柄帝國侵略者的佩劍，紀念戰爭的無聊於無奈。

然而自從抵達臺灣以來，那短劍十分不安分！掛在壁上，三番兩次無端落下，置放桌上，喀喀噠噠地震盪，鎖入箱中，咿咿嗚嗚地啜嗚。

苗老爹猜測，這島上，日本人住得久了，短劍感應到過強的氛圍，以為回到家了。幾番出鞘盤摩，短劍居然不願回鞘，插不實、釦不牢，找到機會就咬人，苗老爹左手食指被劃傷，右腳踝被落下的劍尖戳了一個洞。

苗老爹決定，要在它闖出更大禍事之前處理掉。他將短劍出鞘，劍身上用膠帶纏了一層保麗龍，使得可以浮於水面。趁清晨出外散步，鄰居極少的時段，把劍扔進護城河裡。影劇六村最北端，原是一道清朝護城河，日本人修整成大圳，水流向西，任何浮在水面的物事，都將被帶進臺灣海峽。

苗老爹在溝邊，遲疑半晌，想起自己與日本人的交情，恰可以李白、晁衡相喻。晁衡原名安倍仲麻呂，是遣唐使，已在長安任官、定居，告假回日本省親遇到颱風，失聯一年多，謠傳命喪東海，李白作詩紀念。苗老爹望著短劍，不由自主唸出了「明月不歸沉碧海，白雲愁色滿蒼梧」兩句，將劍毅然拋入溝中。

只留下劍鞘，也算紀念，苗老爹回到家中，打開大木箱，想再看一眼劍鞘。

只見短劍好好地歸在鞘中，躺在箱底，而且從此不吵不鬧。

三兄弟

李家三兄弟不見了。

因為已經失蹤超過三個月，育幼院正式結案，請李士官長簽了名，三個兒子同時不見，他卻沒有什麼憂傷的神情，忙著將牛肉割成細條，餵老鷹。

是的，老鷹，三隻老鷹，窄窄小院裡，用鉛管焊成的桿架，三隻老鷹都是淺褐色，士官長餵一隻，另兩個也來叼搶，彷彿這樣才呼應了天性。

李士官長是駐營軍士，早年結婚，生了三個兒子，這對一個長春來的東北大漢而言，是奇特的人生際遇。太太是遷徙路上認識的孤身同鄉，年紀雖大了兩歲，三個孩子的家，正需要這樣的媽。李太太纖瘦輕巧，身量頎長，晶亮眼神配上堅挺的鼻梁，再加上白皙泛光的面容，像是滿洲純白色的老鷹，「海東青」雲端睥睨的神情。確實，她是薩滿師的後人，父母都在長春圍困戰意外喪命了。

於是，士官長放心地顧著營中弟兄，兩三個禮拜輪休，才回家一次。眷舍分配在上坡城牆根兒上。隔鄰楊奶奶，是個熱心腸，總能照應幫忙。

薩滿是鷹的後代，長壽的鷹，可以活七十年，然而四十歲時會遇到生死大關，必須找一個僻靜的峭壁，敲掉舊的喙，拔掉舊的爪，換掉一身的羽翮，重獲新生便能再活三十年。

四十歲上，一個再普通不過的日子，媽媽在兒子上學之後出門，就再也沒有回來。稍早，楊奶奶發現，李太太彎腰駝背，行動遲緩，神彩渙散。一個月、兩個月過去，楊奶奶再也無法天天照顧三個各上小學二、三、五年級的癲狂兒童，士官長只好暫送育幼院。媽媽失蹤一年，李家三兄弟就成為正式院童。

每逢星期六中午放學，育幼院單親院童可以回到眷村家中，享受兩日天倫。三兄弟回家，爸爸卻不一定輪到休假，三個土匪爬樹、跳牆、揭瓦，儘往高處去，看得楊奶奶心驚肉跳！經常要用肉包子把三個騙下來，看著他們洗手、洗臉、洗澡，顧著他們吃飯……眷村的好處，只要鄰居的門敞著，必然有飯吃，沒聽說過村子餓死孩子的。

爸爸不回家的夜裡，李家房中傳出叫嚣之聲，有時在屋頂，像是猛禽尖銳的呼號，在暗夜裡呼喚遠方，呼喚同類、呼喚親人。

楊奶奶星期六中午沒看見三個回來，就覺得反常了。下個禮拜沒回來、再下個禮拜還是沒回來……這李士官長卻不知道從哪裡架回三隻老鷹，兒子不見了，他卻有心情架鷹？老太太覺得這小子走了老婆、丟了孩子，大概是心神錯亂了！

平時，或者在院子裡看到一隻，或者都自由放飛。但三隻老鷹，總在爸爸輪休回家時到齊，架在鉛管架上，享受餵食。

收音

徐媽媽冰果店就在村子口，匡媽媽饅頭店同排隔幾家。店裡最常見的客人，是成群的學生、剛放假或快收假的阿兵哥。這天來了幾個不常見的村外人。

一男三女，看上去像是某種業務推銷員，男的個子中等，窄臉大鼻子，一個女的像個肉蛋，笑聲很爽朗，一個女的乾瘦像竹竿，聲音粗啞。還有一個女的，身材高䠷勻稱，杏眼櫻唇，長髮柔順。簡單說，大美女。

各自點了冰點，那男的針對美女說道：「李如！點什麼紅茶啦，四果冰，我請客！」那肉蛋女朗聲說：「人家喝什麼要你管呀！」美女沒說話。

肉蛋女開開話題：「我看算了吧，那老頭根本不管我們在說什麼，只顧說他的故事，我改行做出版再去請他寫書差不多。」男的說：「李如！我看妳可以改行做出版，我出錢創業，聘妳當總編輯！」肉蛋女又攔截：「誰要改行啦！」美女沒說話。竹竿女說了：「他說的故事倒是好聽，喊『孫悟空』！孫悟空一答應，就被吸進葫蘆裡。換個名字叫『悟空孫』，只要答應，照樣吸進葫蘆裡。」肉蛋女接話道：「被我拿到那個葫蘆，我就去找谷名倫，大喊他的名字，把他吸進來！」三女亂笑一陣。

男人說：「李如！李如！」美女理都不理他。男人不識趣，續說：「咦？妳怎麼不回答？這樣我要怎樣吸進來？」肉蛋女已經不客氣了：「你再這樣，下次我們不讓你跟了。」美女沒說話。竹竿女說：「今天也算有收穫，至少我們知道《西遊記》不無聊。」肉蛋女說：「拜託，老掉牙了，誰還讀《西遊記》呀？國文系教授讀就可以了。」男人不放棄，說：「李如！妳如果想要《西遊記》，精裝版的，我送妳！」美女沒說話。

徐媽媽看出來了，三個女的是一組，這男的找著理由想親近美女，卻又不得青睞，更甩不開兩個哼哈二將。不過進而一想，這男人咎由自取，空有色心、色膽，然而一個人無腦，言語乏味，實在是可悲的事情。

「李如！妳說吧，到底想要什麼？什麼我都買給妳！」男人色膽包天了，居然無視左右護法，單刀直入。「我出來做事，也是我爸爸要求我歷練，我是獨子，將來公司由我繼承，妳就是老闆娘。李如！妳懂我意思嗎？」

肉蛋和竹竿二女，被男人的放肆一時驚呆了。這時，就看美女「李如」慢條斯理地從肩包裡取出一個圓形的、看似零錢包的小皮囊，拉開拉鍊對著男人，倩容巧笑地說：「陳永慶。」男人欣喜不已，回說：「喂！什麼事？李如。」

美女「李如」拉上皮囊拉鍊，接下來直到他們離開，徐媽媽沒聽到那無聊男人再吭過一聲。「老天！終於把嘴閉上了。」徐媽媽心想。

鬼中元二

七傷

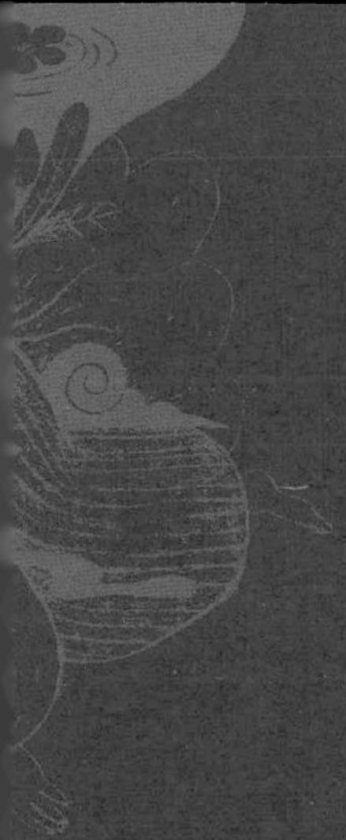

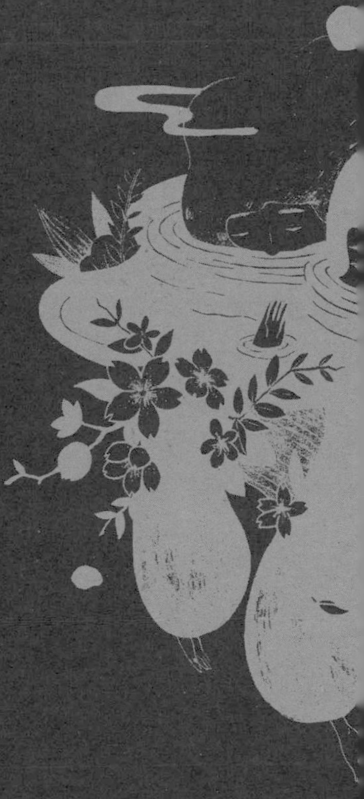

收驚

這件事情發生在我自己身上。

我的父母來到臺灣時，都是少年，我是在眷村出生的所謂「第二代」，但若嚴格來說，我媽的奶奶當年也來了，從她算，我是「第四代」。河北人稱呼外婆「姥姥」，外公則是「姥爺」，姥爺的媽，我媽的奶奶，是「太姥姥」，本省人叫「阿祖」。大時代的大遷移，我出生時居然四代同堂，是難得的福分，也就只有我這「大表哥」見過太姥姥，我媽是大排行的大姊，我是長外孫，其他的阿姨舅舅結婚生小孩都晚，我三歲時，太姥姥走了。

我對她的記憶，卻是「觸覺」。一個迷迷濛濛的下午，兩個舅舅在屋裡屋外打鬧，一個屬龍，一個屬羊，都是典型的「臺生」。即將兩歲的我，坐在學步車裡，太姥姥把熱白飯盛在大碗裡，拌上肉鬆，用手捏成一個個的小飯球兒。兩個舅舅追打，經過奶奶，一人叼一個飯球兒，一會兒又經過，再叼一個飯球兒，就這麼來來回回。老太太餵孫子，順便也塞一個給曾孫子。

那熱熱、油油、皺皺的手指尖，觸感的記憶，留在我的唇上。

太姥姥曾經踏實地享受晚年的天倫之樂，六個男女孫子之後，又有小曾孫，她穿著傳統藍布大襟的上衣，紮腿的褲子，打著大黑傘，推著娃娃車裡的我，從村子裡逛到村子外，專找野台歌仔戲看。想我了，會自己逛到影劇六村來，和孫女兒說說話，老天爺待我祖孫真優厚，賜我聰慧，九個月就開口說話，會叫她「太姥姥」。

很多年之後，我已經是小學生了，不知是吃壞了？還是著風邪？大夏天上吐下瀉不止，已經看過醫生，卻還裹棉被打抖。有個鄰居媽媽說：「是撞到了。」她教我媽一套本省人的法子，一小碗水，三枝筷子，將筷子立在水碗裡，呼喚亡者，叫對了，筷子不用手扶，便能立在碗中。

「是不是某某某？」「是你嗎？某某某？」媽媽連續叫了好幾個我不認識的人名，大約都不在了。沒用，媽媽突然說：「太姥姥走了好多年了，不會再來了吧？」但還是姑且一試，叫道：「奶奶？奶奶？」兩聲，筷子直挺挺地立住了。

把碗水倒在大門外，碗口朝下扣壓住三枝平放的筷子，媽媽口裡還說：「奶奶，對不起，對不起。」後來我還去城隍廟附近，請另一個本省老太太收驚。

距離老家太遠，太姥姥自己找不回去，親人又全在臺灣，依戀不捨，以至於還在陰陽之間徘徊了好多年。後來姥爺姥姥也走了，他們都歸納在同一座靈骨塔，都安安穩穩了。

相必當年的實情，是太姥姥想念曾孫，又來餵我吃肉鬆飯球兒了。

取代

子弟學校的後門出來，是影劇六村最後的十二個門牌號碼。所謂「子弟學校」，從小學一年級到初中三年級，專為眷村子弟設置的學校，後來實施九年國民義務教育，取消了小學，增設高中，成為一所私立完全中學。

戴家奶奶就住在子弟學校後門出來的三百六十二號，家裡人口簡單，兒媳婦，帶著小孫子。兒子派駐外島，很少回來。

以前每逢春節，戴家大團圓。戴奶奶的表弟，一家四口人。小叔的兒子，也姓戴。他們都以戴奶奶這兒為「主屋」，逢年節得來走動走動。也非得過年，才知道戴奶奶還有個二兒子，住在臺北，有個孫女兒，每逢過年才見奶奶一面，因為是孫輩裡唯一的女孩兒，很受親戚們疼愛。

「萱萱來，吃個娃娃酥。」「萱萱來，吃餃子。」「萱萱，給奶奶磕頭。」這個叫萱萱的女娃兒，簡直是過年期間的小花童。子弟學校裡有個大花圃，萱萱被親戚們拉去那兒照了好多照片。

老二給女兒取名萱萱，有個紀念的意思，戴奶奶早年在老家，頭一胎生的是個女兒，就叫萱萱，不滿三歲，獨自溜出門去，在自家附近的池塘邊滑倒，在水裡泡了三天才被發現。後來又有了戴家兄弟兩個，他們從來也沒見過大姊。

於是，老二有了女兒，取個大姊的名兒，告慰老母。卻不想，後來離婚了，女兒跟了媽媽，改了母姓，長大叫了別的名字，但還是跟爸爸回村子裡過年。

哥哥進了官校，結婚晚，以至於一兒一女都比弟弟的女兒小。大萱萱改名不叫萱萱的那年，小萱萱已經兩歲了。

「萱萱來，吃個娃娃酥。」「萱萱來，吃餃子。」「萱萱，給奶奶磕頭。」

同樣的言語、同樣的呼喚、同樣的熱切、同樣的親情，卻是對著另一個小娃兒，少女心中頗為異樣，這種感覺，是稱之為「被取代」嗎？

「走走走，去子弟學校照相。」眾星拱月的一般，舅爺的兩個女兒、堂哥的新婚老婆、「舊的」萱萱，牽著小萱萱去花圃照相。

就是一眨眼的工夫，幾個大人正說著話，就誰也沒看見萱萱了！「自己回家了吧？」「才兩歲，會自己回家？」堂哥的老婆回去叫人，全家出動，把整個子弟學校找了個翻天覆地，天快黑了，子弟學校的工友才從花圃泥塘裡把孩子拉了出來，為了要栽植幾棵新樹苗，預挖了坑洞，雨水和稀泥，兩歲孩子一下去就滅了頂，吭也沒吭一聲。

「大姑姑也叫萱萱，是姑姑喜歡，拉走了吧……」

少女的心事，卻不曾對旁人說起，想想，還好早就不叫萱萱了。

多了一個人

「敵後任務，」少年強調語氣：「當然不能讓我們知道，最後就犧牲了。」三個初中生翻看著家族相簿，兩個同學對宋元良所說的情節震撼不已。

「我爸是東北人，偽滿洲國期間就潛伏做地下工作。日本投降以後就直接跟在戴笠身邊。」宋元良翻到相簿的最底頁，取出一張從雜誌封面剪下的照片：「看到沒有？老蔣旁邊的就是戴笠。」

光頭同學指著相片問道：「你爸哩？」宋元良隨口一句：「我爸那天出別的任務。」「你不是說你爸都跟在戴笠身邊？」「又不是二十四小時都黏著。」「我懂了，你爸跟戴笠，但是戴笠跟老蔣，所以你爸吃醋，就不跟了。」「屁啦！」

「你講的跟課本上教的好像不太一樣欸？」戴近視眼鏡的同學怯生生地說。宋元良嘿斥道：「課本上寫的算個屁呀！真正的情節要是都寫在課本上，到大學也念不完哩！」

宋元良從來不記得自己的父親，家族相簿裡連一張父親的照片都沒有，家人對父親何許人三緘其口，也就平添了想像空間，這少年，自己塑造父親。

戴眼鏡的同學問：「據說戴笠的飛機是被打下來的，該不會你爸也在飛機上？」「絕對沒有。」宋元良斬釘截鐵地說：「戴笠飛機失事的真相就是我爸查出來的，他又怎麼會在飛機上。」光頭同學問：「你又怎麼會知道？」宋元良頓了一頓：「這，就不能告訴你了。」「媽的，臭蓋啦！」「蓋你我全家死光光！」

宋家牆上的照片太多了，偶有鄰居、朋友登門，總會指著其中一兩張問問，宋家人也就養成了看圖說故事的本領。這些照片也就是些家人、朋友，並不牽涉什麼歷史人物，曾有人以為他們姓「宋」有來頭？想太多了！「你爸認不認識老蔣？」「認識吧。」「有沒有帶老蔣來過你家？」「可能有吧。」「老蔣來你家幹嘛？」「看相簿吧。」兩個同學虛擬問答，亂笑一通。

「古人欸！」光頭同學突然呼喝道。宋元良看也沒看，就知道他在說哪張照片：「我爺爺奶奶，清朝出生的。」「站在後面那個穿中山裝的是你爸了？」

宋元良聽著不太對：「什麼站在後面的？」接過相簿，舌頭第一次僵住了。

那是當年剛遷入眷村的時候，院外圍著竹籬笆，老夫妻身著正式服裝：長袍、旗袍、布鞋，從老太太的腳形，推斷得出是前清遺老。兩位長輩坐在籬笆外的大椅子上，人的衣著與房子，述說著歷史的延續與斷裂。

這張照片始終在相簿裡，宋元良看過無數次，雖然從未見過面，據說，就是自己的爺爺奶奶。

但是，在他們身後站著的灰衣男人是誰？中山裝、梳著旁分頭，面容卻因相機失焦而模糊。這張照片裡原本沒有這個人呀？

遺囑

電台記者小姐從手提袋裡慎重取出一個扁扁的紙盒，側邊掀開，裡面是一捲盤帶。記者小姐說道：「老太爺三個月以前，在臧律師以及趙醫師的陪同下，來我們電台，親口宣讀遺囑，並錄下原音。」臧律師很年輕，個性顯然有點衝，搶話道：「遺囑的內容，經本人在現場參看當事人手寫原稿，相符無誤。請播放吧。」

孟家只有一個女兒，看似未屆四十，遺傳了一點父親的個性：「Hurry up! OK? 我可沒有一整天的美國時間哪！」

孟家老太爺一個月前過世。稱他「老太爺」其實有點太過，孟老先生七十出頭，但那寬闊略帶霸氣的個性，令人敬畏油然而生，尚且急公好義，不吝惜資財，颱風救災、接濟貧戶、設置清寒獎學金他都有份。「老太爺」稱謂，是眾人抬舉。

影劇六村最公開的場合，就是管理站辦公室，老太爺生前遺願，是向全村廣播遺囑。幹事會議覺得並無不可，但麻煩的是，盤帶播放有專門的器材，得從電台搬來，機務員得要牽電線、測電壓、連接擴大機、擴音喇叭，夠複雜的。孟女士又催道：「請開始了好嗎？Go! Right now!」

大家在今天以前都不認識老太爺的女兒，聽她講話習慣，是常住國外的？「生老病死，都是平常事，You know?」孟女士身邊跟著一個穿西裝的男人，一語不發，彷彿他的存在只為了讓孟女士的說話，看似有個對象：「兩個月以前我去看他，老頭子靠在沙發上，要死不活的。我說『都給你安排好了，為什麼不來？』他說『Leave me alone! 我死也死在這裡，go away!』」

終於，擴音喇叭出聲了，老太爺的話語，緩慢、堅定地播送著，而且，他的國語音準字正，頗有一種正式文告的氣勢。雖是遺囑，更像是一篇「與鄰居告別書」，從輾轉來臺的顛沛、說到落地生根的踏實，再到下一代出生的振奮。的確，扯得有點遠。

臧律師皺著眉頭，來回反覆翻閱著「原稿」，不耐煩，卻也得尊奉委託人的完整遺願。倒是趙醫師，一貫的慈眉善目，沉穩聽著。終於，說到財產分配，大致是「多少捐到哪個基金會」、「成立專屬獎學金」之類，所餘金額，並未說明數目，是「留給法定繼承人」。過程中，那些與老太爺相熟的朋友、接受過賙濟的鄰居、領過獎學金的學生，在村子每個角落聽著擴音廣播，都哭了。

「What's the point? 老頭子講話沒有重點。」孟女士又對西裝男說。

是老太爺先見之明，預先錄好的？還是從遠處傳來的即時意見？廣播放送中，大家都清楚聽到了：「不要再胡說了！妳不住在國外，我也聽不懂英文。想要我的錢，做個堂堂正正的人！」

跳房子

小馨一一在格子裡填好阿拉伯數字，從1到8，在頂端的三角形裡寫上「天堂」，「堂」怎麼寫？一時不太確定，於是就用注音符號，寫下ㄊㄤˊ。

爸爸沒回家，那兩個凶凶的大人又來了，在屋子裡說話好大聲，小馨約略聽到「明天？每一次都是明天！明天來了又沒有！」「當我們是傻瓜？來來回回白跑！」媽媽說話的聲音很小，幾乎聽不見。

上次這兩個人來過之後，小馨把情況告訴了幼稚園的姜老師。姜老師教小馨「跳房子」：1、2、3，三個單獨的格子，4和5，是左右並列的格子，6，又是單獨的格子，7和8，也是並列的格子，最頂端畫成三角形，寫上「天堂」。而且給了小馨一枝藍色的粉筆，不是普通的藍色，是很淺很淺的粉藍色。

小馨按照姜老師教的，在院子地上畫好了房子，藍粉筆握在左手，從花盆裡拿了一塊扁扁的石頭，很準的，丟進「1」的格子裡，開始跳。

又聽到兩個大人說：「沒回來？前兩天明明有人看見他在市場吃麵！」小馨想：「我很久沒有看見爸爸了，怎麼他回來吃麵都不帶我？」差一點在「6」的格子兩腳著地！錯了就要重來，小馨專心，第一次進天堂，反向跳了回來，在「2」的格子裡單腳彎腰，撿起「1」裡的石頭。

輕輕一丟，石頭在「1」彈了一下，滑進「2」。屋裡突然傳出媽媽的聲音：「放手！你幹什麼！」小馨抬頭看，卻看不見屋內的情況。她想起姜老師說的：「保護自己，就是幫忙媽媽。」於是她專心，跳第二遍。第二次進天堂，反向跳回來，在「3」的格子裡單腳彎腰，撿起「2」裡的石頭。小馨想：「還有一次，第三次進天堂就完成了。」

「3」的格子太遠了，小馨已經丟了三次，都丟不進，不能跳。凶巴巴的大人說得很慢，一字一字地，似乎故意要讓院裡的小馨也聽見：「乾脆我們把妳女兒帶走，賣掉！抵債！」小馨不懂「抵債」的意思，但是絕對不想被「賣掉」，有時候不乖，媽媽會嚇她，說要「賣掉」，意思就是會到很遠很遠的地方，再也看不到媽媽。

越想越害怕，丟石頭的右手又抖又軟，石頭簡直就是飄出去的，「啪」！卻準準地落在「3」。1！2！45雙腳！6！78雙腳！天堂！想起姜老師說的：「第三次進天堂，趕快蹲下。」

兩個大人從屋裡衝了出來，卻迷茫了：「人哩？不是在院裡玩嗎？」「大門從裡面插上，怎麼出去的？」「爬牆！媽的！眷村女娃娃都會爬牆！追！」

小馨只是穩穩地蹲在「天堂」，握著藍粉筆，一動也不動。

空屋

大家對二百二十二號的空屋已經習以為常了，它一直是空著的。

據說，三十八年剛來的時候，是有人住的，一個年輕的媽媽，帶著小嬰兒，但是，丈夫左等也不來、右等還不到，最後傳來一個無法證實的消息，說是「投共」，於是一道公文下來，命令少婦「擇期自動搬遷」。並沒有人來催逼母子搬家，但就在誰也沒在意的狀況下，好幾天沒看見人。鄰長會同里幹事，以及幾個鄰居見證，破門而入，發現母子已氣絕多日，小嬰兒嘴還叼在乾癟的奶頭上。

接著，搬進了一大家子人，夫妻帶著六個孩子，把個小屋都塞爆了。最大的上初中，最小的剛會跑，原本追進追出的活潑兒童，不到一個月全都變得落落寡歡，原來，一家人從搬進來就都沒睡好過。熄燈後，牆裡、地板、天花板、還是梁柱裡？迴盪著細微的嬰兒哭聲、女人的啜泣聲，聲音像是從遠處傳來，卻又不大不小，剛好足夠鬧得人睡不著覺。

一家人搬走，來了一個百歲的老太太，住進來第三天就仙遊了。自此，眷管處不再安排任何人住進二百二十二號，即使絕不以鬼神之說為理由的軍方，都選擇了「寧可信其有」。這一戶，左右都有人住，隔鄰只有矮牆，頂上同一橫梁，屋瓦順次相接，院裡桂花飄香，卻是相安無事，彷彿陰陽涇渭分明、互不侵擾。

二十年後，五個好事的初中生惹了紕漏，哪來的多餘精力無處發洩，相約夜宿「鬼屋」，就選定了這裡。多年來，鄰長與熱心鄰居輪流每隔一陣子進來除除草、掃掃地，所以這兒也就是一處無人無物的空宅，小院卻也花木扶疏，晚上無人點燈，白天卻也全無鬼氣。稱為鬼屋，太過分了。

青少年是沒有理由可說的，他們趁著白天，大部分人都上班未歸，先行潛入，帶著飲水、饅頭、燒餅，準備夜裡不睡，接力說鬼故事，誰嚇跑誰輸！他們一進去就發現怪事，後屋居然有一段向上的小木梯，可以爬上閣樓，這真是不可思議！眷村房舍全是瓦頂平房，禁建規約也很清楚，不可向上蓋樓，這屋子卻撐出了閣樓？他們覺得也好，如此藏得就更隱祕了。

夜幕低垂，他們發覺左右鄰居都回來了，天花板的震動，把鄰家的菜香、小孩兒成績單上的分數、麻將聽牌的花色、夫妻齟齬的細節，都「無私」地傳到閣樓上。五個少年，捂著嘴、忍著笑，聽足了別人家的故事，卻忘了自己的賭賽，一一昏睡過去。

醒來時驚覺小木梯不見了！更推不開門！大聲呼救！不久有人來開門，是從外面用鐵鏈鎖上的。而且，他們並不是在二百二十二號的屋內，而是在「黑森林」覆蓋下的大防空洞裡，全村子人已經找了他們三天了。

望

高家三兄弟的名字都文質彬彬：高晨望、高暮望、高夢望。家住萬里長城牆外，老爸把願望直白地訴說在兒子們的名字上，對重見家鄉的盼望，對兒子前途的盼望，早也盼望、晚也盼望，夢裡都盼望。但是，三兄弟欠缺學習智能，逐一被小學拒收，只能在村裡閒散漫步，老爸也只好絕望。老天爺開了他家玩笑，三兄弟只會高興，只會笑，徹底不明白老爸在「望」什麼？

三兄弟會表演數數，老么夢望最靈，可以連續數到「四」，老二則是順著弟弟，接著數「五、六、七」，大哥往往笑著不說話，老么又會補上「八」。三兄弟加起來，連「十」都數不到。

有一說，是因為他們的媽媽，在懷著他們的時候看野台戲，胎兒一部分的靈被精彩的戲中腳色拐跑，因而出生以後，缺了一塊。但也怪，又不是三胞胎，是隔年一個出生的，難不成這麼巧，媽媽懷他們的時候，都剛好看了野台戲？

尤其，眷村裡搬演野台戲，十年難得一回！這次，是因為雜貨店賀老闆，炫耀半百得子，寵愛二十出頭、講閩南話的嫩妻，特意請來戲班子，在自治會旁經常放電影的空地，演「八仙過海」。一時間，村裡所有講閩南話的媽媽們都到齊了！聽不懂閩南話的媽媽們也來湊熱鬧了！高媽媽是民國三十八年從廈門來的，卻也講的是閩南話，鄰居們甚至不知道她不是本省人，那天塗了口紅，穿了有跟的涼鞋，隆重地來看戲。高家三「望」也都跟來了。

賀老闆搬來兩座帶扶手的綠皮沙發，擺在最適當位置，象徵「主位」。鄰居們有板凳的入座，沒板凳的往後站站，身手好的上牆頭、樹頭。等候賀老闆牽著老婆入場，接受鄰居們的鼓掌、喝彩，揮手還禮後，戲開演！

八仙逐一登場，穿官服的曹國舅，道士服的呂洞賓，張果老、鍾離權、韓湘子、何仙姑，蹦蹦跳跳的藍采和，登仙後也褪去一身窮酸、金光閃耀的李鐵拐。

老么夢望數著台上的神仙：「一、二、三、四……」二哥接數：「五、六、七……」

大哥笑著不說話。老么大聲完結，數道：「八！」老二老么一齊鼓掌，慶賀自己的程度。大哥晨望忽地說話，是開天闢地以來，所數的第一個數字：「九！」

外人不懂他們的溝通方式。老么從頭來：「一二三四。」老二：「五六七。」老三的口氣略重些，似在提醒大哥確認：「八！」大哥笑指著台上：「九！」老么仔細看著，再次重複：「八！」

大哥這次不笑了，免得讓別人誤會他在開玩笑，他指著韓湘子與藍采和之間的縫隙，堅定地說：「九！妹妹，九！」

賀老闆牽握著老婆的手，輕撫著即將臨盆的大腹，幸福溫柔地笑著。

二馬中元

七步

照進去

葛先生愛種植。不知是先天的緣分？還是刻意挑選？總之他真不辜負「葛」這個姓，種的淨是藤蔓植物。葛太太則是愛漂亮，也不辜負葛先生愛植物，她總是把自己打扮得像朵花兒。

哪有這麼寬闊的庭院？光一個葡萄架，就把葛家的院子給盤踞了，結出來的紫葡萄真是漂亮，但或酸澀、或無味，難以入口。吸附巴掌葉下的青綠色無尾鳳蝶幼蟲，都快比藤蔓粗了。

陽光被葡萄藤篩減了，少日晒的葛太太，皮膚潔嫩，配以翠綠濃蔭，窗前攬鏡時，更顯嬌媚。是的，她總是在照鏡子。

以至於總是跑進跑出的葛先生，偶爾需要太太幫把手時，還需勸她放下鏡子。「我的大姑娘！再照，都快照進去啦！」葛先生總這麼說，還是總叫不動她。

幸好葛家所在的位置巧妙，二百五十四號，背後是著名的「黑森林」，出門右轉則是護城河旁的畸零地，葛先生挨著自己圍牆多圍了一圈籬笆，沒人說話。

他搭了一個瓜棚，一角爬上了絲瓜，對角則是瓠子。棚下又插著幾枝矮架，長著胡椒。不幸的是，絲瓜的黃花開得漂亮，結出來的粗度卻不如小黃瓜。原以為可以用自己種的瓠子包餃子，卻不想結出來的葫蘆只能對切成水瓢。

葛太太最喜歡的兩面鏡子，其實都是市場地攤買的，平凡無奇的兩面方形鏡子，塑膠邊框，鐵絲支架，要說有什麼分辨？一面背後的明星照片是李麗華，一面則是白嘉莉。李麗華深邃嫵媚，白嘉莉開朗歡顏，葛太太照著「李鏡」，參照白嘉莉的露齒笑容，照著「白鏡」，則是模仿李麗華的沉靜眼神。

葛先生的胡椒倒是成功了！果實青綠時採下一部分，晒乾脫皮，打成黑胡椒粉。全熟成紅果實，再採收剩下的部分，脫皮，打成白胡椒粉。

葛太太將兩面鏡子放在桌面對立，自己嬌嫩的臉龐側臥，望向李鏡，白鏡將後髻反照進來，側臉試探白鏡，李鏡又以另一邊的香腮呼應，就在「李白」二鏡的鏡淵裡，葛太太徹底出神，照入鏡中。無限的臉頰、鬢角，無限的自己！

葛先生捧著兩碟胡椒，歡快地從外頭跑進來，心想著：今後不論燒湯、炒肉，我們都有自己家種的胡椒了！然而老婆呢？前後找了一遍，兩面鏡子都在桌上，她怎能去往任何地方，不帶這兩面鏡子呢？他順手放下兩碟胡椒，手一歪，飄灑到兩面鏡子上，只聽鏡中「哈啾」一聲，兩鏡迎面倒下，「哐！」一同時對角裂開。

「這下好了！」葛先生打趣道：「鏡子裂掉，李麗華和白嘉莉都離家

出走，往後該接鳳飛飛和崔苔菁回家了。」

聽聽沒人答話，葛先生續道：「還不出聲？我要拿著自己的胡椒，約胡茵夢去喝酸辣湯囉！」

老秀才

「幹！很痛欸！」被落下的樹枝擊中，穿短褲的年輕人抱怨。「是有多痛？」爬在樹上，嚼著檳榔的年輕人回嗆：「自己不會閃哪？」

院中的桂圓樹結了蟻窠，兩個打零工的村外漢，帶著一把摺疊短鋸，來整理。付錢的人表示，二百八十六號這家年輕人經常不在，家裡有老人家，請他們做事的時候要留心。兩人卻在院中嬉笑、抽菸、吐檳榔。

「請不要抽菸。」一個低沉緩慢的聲音說道。兩人噤聲，在院中找了一圈，終於發現紗門裡的人影。「幹！」嚼檳榔的脫口就是閩南語：「給恁爸剉死！」穿短褲的也說：「狗未吠，會咬人。」

屋裡沒開燈，比起院中暗得多，隔著紗門看這老人，灰色長衫，外罩黑馬褂，頭戴瓜皮帽，壽眉長鬚，穿戴比個說相聲的還要講究。

「你們怎麼可以這樣對我講話？」老人家聲音雖不大，說起官話略有口音，一字一句，卻有鏗鏘的威儀：「受人之託，忠人之事。樹整理好了，怎麼不把地掃一掃？」嚼檳榔的說：「地也要我掃，你自己不會掃？」老人回答：「胡說！再怎麼講，我也是秀才，功名在身，怎能掃地？對長輩，也該有一定的尊重。」嚼檳榔的噗哧一聲笑了：「秀才？古人噢！怎麼不去古代呀？」穿短褲的說：「留在老家就好，幹嘛來臺灣嚇人啦。」

老秀才似乎生氣了：「你……你……究竟是什麼人？」這時，嚼檳榔的端出一句定江山的閩南語：「安怎啦！臺灣人啦！死老猴！」穿短褲的幫腔，也是一句閩南語：「外省老芋仔真麻煩呢！」

老秀才頓了一頓，一時間，還讓兩個小的以為老頭子語塞，沒詞了。萬沒想到，老人家居然低沉、緩緩地，捨棄官話，也是一句閩南語：「老芋仔，也有福建來的呀。」

這讓兩個卒仔有點意外，他們只當這老頭讀過書，學過方言，卻轉不過腦袋理解：「外省人」也有福建這一省來的。兩人悻悻然不再說話，只覺得眷村裡的人假惺惺，臭規矩多，下次還是少來為妙。拿著掃把在院裡糊塗揮舞一番，搬著切落的樹枝，掩上門，走了。

老秀才也覺得，要求這樣的小賊文質彬彬？太苛求了。想想，自己的曾孫、重孫，也是因為盡孝道，慎終追遠，才把香火渡過了海峽，有這樣的子孫供奉，還奢求什麼呢？

他隔著紗門，搖搖頭，怨自己「井蛙不可語於海，夏蟲不可語於冰」。掩上木門，轉頭踩上板凳，登上神壇，回畫像裡去了。

下雨

一下雨，劉婆婆家就漏水。不免就要罵上兩句：「都是那欠揍的皮孩子！」

眷村孩子結伴成長，不同家庭、不同個性交互影響，大多都呈現活潑、熱情、膽子大。但霍家那孩子膽子也太大了！上房頂！

眷舍的結構，長條屋頂，十家、八家共用。各家謹以隔牆象徵，房梁、房頂卻是同一個，休戚與共。

霍家少年自稱「霍元甲」，大家也都這麼叫他，漸漸的，本名叫什麼，反倒模糊了。這一天，或許是豔陽普照，照得他興致勃勃，爬了矮牆上門樓，門樓上，又看到更高的屋頂。他心想：「頂上的瓦片，都是軍方整批採購的，而且，憑著我已經初有境界的提氣功夫，踩在兩片瓦的交縫處，就不容易踩破。」

沿著牆頭爬回來，最接近屋簷處，恰巧是隔臨劉婆婆院中一株九重葛。九重葛雖枝岔有刺，但主幹厚實，而且歪歪斜斜，恰好著腳，一踩就上了房。

照著計畫，霍元甲每一步都輕巧踩在兩瓦縫間，只七步，便登上屋脊，脊梁瓦更穩固牢靠，踩著更放心。劉婆婆是頭一家，屋脊盡頭，便是「鬼頭」。「鬼頭」是屋脊終端的裝飾，也有避煞用途。頑童索性跨坐屋脊，扶著鬼頭，這時，一陣帶有潮味的涼風襲來，太陽忽地收了臉面。霍元甲站起身來，橫展雙臂，享受「馮虛御風」的快意。

下雨了，雨滴散在瓦面上，冰涼的水滴激得熱瓦片直噴煙，練輕功的少年更得意了！可比騰雲駕霧呀！腳步不覺更加輕快。一片快雲襲來，雨瞬間暴大，霍元甲頗覺不妙，還是快下去吧……一個分神！「啪叉！」把脊梁瓦踩斷了一塊，心一慌，腳一急，原有的那一點提氣功夫也散了。「啪叉！啪叉！啪叉！」往下走的過程，連踩破三片瓦，其中一片還翻了個身。霍元甲隱約覺得，「鬼頭」有轉過來瞪著他。

九重葛到了，霍元甲轉身，探腳……雨水把樹身打得濕滑，不著腳，他兩手臂急忙前探，扒著瓦片，就看右手的這片被抽離定位，抽開……抽開……他心想：「完了，整排瓦就要被我抽掉，不被揍死才怪。」

怪哉！一股反向的力道將瓦片往回拉，伏在瓦上，渾身濕透的少年，恰巧看見瓦片合吻瞬間，從裡層射出的一道目光，像是黃色燈籠，中央一團紅火，如果那是其中一隻眼睛，臉該有多大？

劉婆婆看見他上的房頂，所以，屋裡一漏，就知道該找誰算帳。霍元甲挨了揍，也道了歉，也真心誠意地說「下次再也不敢了」。

但他一直沒敢提眼睛的事。

五度眼鏡

云瑚剛出生的時候，簡直像個洋娃娃。這讓她的父親非常不高興，因為鄰居的耳語，很快就傳到他的臉前：「跟美國大兵玩兒出來的。」就算父親明知道不是，還是因為受不了壓力，一去不回。

她的媽媽就是個輪廓深邃的美女，唯一的問題，就是云瑚白得太過，白得太不「東方」，孩提時期，陽光拂過短髮，總閃耀幾許「西方」風情，「洋孩兒」成了人們口中的確認身分。

她十六歲，承受了接近一生的閒言絮語，上中學之後，學生們在生物課本上學到「白化症」一詞，那堂下課後，云瑚的「洋」血統被洗刷，原來，只不過是個症狀不完全的「白子」呀！她選擇沉默，只在家中幫著踩縫紉機，修補營區送出來的軍用衣褲，也幫學生們繡學號。不太吃重的工作，卻困擾了她的眼神，總認不見針孔，繡線上不了針車。

她照著鏡子，這麼近的面容，在鏡中居然也是模糊的：白皙皮膚，散綴著幾點雀斑，紫銅髮色，琥珀雙眸，微微泛著一點碧綠，粉嫩俏唇。她想，自己應是美的，看著並不令自己討厭，那好吧，驗光配眼鏡。

驗光師是一位精瘦、黝黑、個子不高的光頭先生，戴著一副蛙鏡，左右鏡片度數不同，以至於把兩眼擴張得大小不一，但是，他的語氣、態度、神色，卻令人十分舒適愉悅。他仔細檢查了云瑚的眼睛，靜靜坐著，微笑不說話。

云瑚很有默契，也靜靜等著。驗光師娓娓道：「八部六趣的生靈，通常互不干擾，但是，就有比較靈光的，會穿越平行界限，串門子。妳身為天人，覺得自己勇敢嗎？」云瑚緩和但肯定地點頭。驗光師說：「那好！輕微的散光，好解決，我給妳的鏡片加個『五度』，方便妳辨認各路朋友。」

云瑚挑了一副無邊框的金腿兒鏡架，戴著配好度數的眼鏡看驗光師，居然是一個透明人。

有了眼鏡，云瑚的心情更暢快了。一天傍晚，她一個人在家，正在補一個褲腿兒裂縫。一個穿制服的男孩，緩步走了進來，在針車上，放下一朵白瓣黃心的瑪格麗特。那是小她一班的學弟，已經上高中了，穿著卡其制服，單肩背著草綠色大書包，一頭汗，放下瑪格麗特，傻笑不說話。云瑚戴著五度眼鏡，仔細瞧著他……裡外是完全一致的。男孩被女孩這麼盯著看，自己怯怯地跑走了。

云瑚現在最喜歡的，就是輕巧踩著針車，戴著她的五度眼鏡，迎各種客人上門，看著奇炫怪狀的面容：鳥嘴的、蛇頭的、鱗毛的、龍角的、爆目紫臉的、三頭六臂的……看習慣了，她一點也不怕。

當然，也有內外如一，慈眉善目的。

放羊

小清立志要當牧羊人。正所謂「天似穹廬，籠蓋四野，天蒼蒼、野茫茫，風吹草低見牛羊。」多麼令人嚮往！

眷村位在軍區旁邊，連人的生活範圍都受限，哪還有養羊的空間？「那逐水草而居的樂天知命生活，恐怕只有將來反攻大業成功之後，才能實現了。」小清在作文簿上這麼寫道。老師的評語則是：「觀念雖正確，計畫不實際。」

一個初中生，對於草原、遊牧，其實概念模糊，一切都源自於一本禁書：《英雄傳》。這書的原名是《射鵰英雄傳》，香港作家金庸的武俠小說，只因書名沾上了毛澤東的名句：「一代天驕，成吉思汗，只識彎弓射大鵬。」在臺灣就成了禁書，禁書名卻禁不了好看的故事，小出版社以廉價裝幀，薄本多冊的形式，簡化書名照樣行走江湖。初中生摀著蚊帳，開手電筒「練功」，是許多人的成長記憶。

小清既不愛奇幻武功，也不羨慕郭靖、黃蓉的奇遇，更不想成為五絕、霸主，只一心嚮往留在大漠養羊，如果能有華箏那樣單純的女人伴著，就完美了。

剛巧，小清的家就住在影劇六村最具有塞外風情的位置：「萬里長城」牆根兒上，鄰居養了五隻山羊，兩隻黑的、兩隻花的、一隻白的。小清死求活說，說服鄰居，讓他在每天放學後，牽五隻羊逛逛，星期日可以逛一整天。

馬上就少了一隻，花的。小清後悔，真該一直拴著繩子，然而，村子就這麼小，羊是能跑去哪裡？找了一個禮拜沒下落，鄰居也沒怪他。

要不是緊盯著，還真不敢相信那個「牧童」是從城牆裡「滲」出來的！

天色漸暗中，城牆壁上先是沁濕了一片，逐漸像是雨後滲水，隨之滲出來一個人，牽著兩隻長毛大角的羊。

小清一語未發，呆坐在那兒。那人一身羊皮襖，臉上風霜侵皴，仔細看，居然是個少年？「對不住您。」少年有個難解的口音，但畢竟說的是漢語：「上次我師傅要檢查，過來跟你借羊，回去湊數。沒想到你們南邊的羊太瘦、毛太短，到草原上兩天就凍死了！上次牽走一個，這次還你兩個。」

小清語塞。那牧羊童把兩隻大羊用繩套了，交在小清手上，說道：「好了，我回去了。」取出一個蓄水的皮囊，開始噴濕城牆。

小清鼓足勇氣，問道：「門？是用水從牆上開的？」

「平行泉。」那牧羊童說：「是伏流，經常改變流向，草原上很偶然能取得的，方便我們來去。」

小清勇敢地擠出一句：「帶我去？」

牧羊童一口回絕了：「可不成！事先得用泉水擦洗全身，還得喝，不然會卡在半道。」說著，一側肩，「滲」進城牆裡了。

小青恍惚地看著兩隻巨型羊，真是越看越像牛呀！

怕鬼

「真的很晚了。」男老師說：「萬一給哪位鄰居看見，女學生在這個時間，單獨在男老師家裡，很不適當。」

「我知道。」女學生回說：「我是真的想回答問題，完全沒有別的意思。」老師說：「只要讓人看見了，就必然是我有意思，跳到黃河也洗不清。」學生說：「那就麻煩老師出題目，我補寫了作文，就沒事了。」「我說過了。」老師表示出耐性的極限：「沒有關係，作文沒寫就算了，考試已經結束了。」

高中畢業考的最後一科是國文，女學生答完了題目，就昏厥送醫院，作文空白，一個字也沒寫。老師抬抬手打了六十分，給了不用補考的結果，但過意不去的，是學生本人，纏著老師准許補寫。

「既然如此。」老師試著解決問題：「就寫『鬼』吧。」「不！」學生一口回絕：「我不相信！這一定不是大家寫的題目！老師，你為什麼要規定我寫這麼不切實際的題目？」「這麼著。」老師打圓場：「寫個鬼故事？或評論一個鬼故事？」「不要！」少年人的刁橫露了出來：「我怕鬼！寫這個題目我不舒服。」

老師心想，都說不用補寫了，是妳堅持要的。「好吧。」老師說：「那就寫妳為什麼怕鬼？」

「我是在山裡出生的，我童年一切的一切，就是大自然。一般外人，都喜歡講什麼山精水怪、靈異事件，那都是對大自然的誤解。」「說得太好了。」老師說：「就把妳剛才說的，順著寫下來，就是一篇好文章。」「我拒絕。」學生說：「我拒絕寫任何牽涉這個字的文章，就當我愛惜羽毛，就當我文字潔癖，我不寫。」老師抓著了話頭，緊接著說：「把拒絕寫的這些原因理由寫下來，就算寫好了。」

「為什麼要強人所難？」學生哀怨地懇求：「我就是一個愛寫作的人，有著未完成的願望，為什麼就不能圓滿？」

「那這麼著。」老師畢竟有著超乎常人的耐性：「妳自己隨便寫，好吧？」「老師，我真不敢相信，這話居然是您說的？『隨便』？怎麼可以隨便？」「放諸自然和放縱無禮不同，妳分辨得出來嗎？」老師正色道：「既然我忝為妳的老師，頂著這個虛名最後一次提醒，該放下了，就要放下，這麼堅持下去，簡直鬼打牆。」女學生不語，似是賭氣。老師緩和地說：「每年六月都來整我一趟，真是何苦？這麼多年過去了，也該放自己一馬了。」

不覺天光乍現，女學生的臉色顯得極度暗沉晦澀。「看一下妳自己！」老師語氣嚴正：「還不明白為什麼不能說鬼？」女學生看著自己隨著天光而逐漸透明、淡去的身形，淒厲問道：「為什麼？為什麼？」

扮家家酒

「小木，你在幹嘛啦！」嘉嘉尖叫道：「吃麵包的時候不可以用啃的，沒禮貌！要撕成小片，用手放進嘴裡。」小木嚇了一跳，以至於不敢動。

「好，大家看我。」嘉嘉一邊示範，一邊說：「用右手，拿最右邊的湯匙，喝湯。」「我是左撇子，怎麼辦？」小木問道。「吃西餐兩手並用，左右手都有功用，沒有左撇子的問題。」嘉嘉嚴格地回覆，並接著說：「注意囉！餐桌禮節，湯匙要用三根指頭『端』，不能用拳頭『握』。舀湯的時候，要從內而外，輕輕地舀最表面，不能用挖的。」

「哎喲！好麻煩喏！」另一個同伴阿牛說：「是誰發明的這些規矩？吃飯不能放鬆吃就好了嗎？」嘉嘉頓了一頓，沒有立刻答話。阿牛理解自己說錯話了，也不作聲，一旁的桑桑用手肘輕點了他一下。

「我爸爸說。」嘉嘉收束情緒，擺出十二歲小孩原本不該有的一種老氣橫秋，字字珠璣地強調：「我爸爸是在官校教國際禮儀的教官，他說『不明白文化的差異，不是我們行為隨便的藉口。』即使是在中國餐桌上，也是有規矩的，例如，小飯碗是要端在手上的，說話的時候，碗筷都要放下，嘴裡有食物，不能說話，很多人連這幾點都不知道。」三個同伴聽得一知半解，或說瞠目結舌也行。

「我想要換位子。」阿牛舉手道：「桑桑老用手肘頂我，好痛喲。」「要問我爸爸。」嘉嘉回答：「你們的位子，都是我爸爸排好的，換位子要問他。」

「注意囉！」嘉嘉以傳承者自居，注重細節：「沙拉上來，要用最左邊的小叉子吃，西餐的餐具都是按順序排好的，左右都是從外往裡拿，就不會錯。左手拿叉子也是一樣，用端的，不能用握的。」

小木這時問道：「嘉嘉，妳好懂喔，妳爸爸經常帶妳去吃西餐呀？」嘉嘉沉默了好一會兒，幽幽地說：「沒有，一次都沒有。爸爸是在家裡教我的，說好我不生病了，就要去吃真正的西餐。」小木、阿牛、桑桑也都好一會兒不說話。

嘉嘉重整了情緒，開朗地說：「重頭戲來了！上牛排！」三個同伴不由得同步「哇」了一聲，雖然誰也沒吃過牛排，但都莫名期待。嘉嘉進入教學講解：「牛排刀叉的使用，就完全不同囉！刀尖叉頭朝內，兩手都要用握的，左手的叉子固定離自己最近的小塊，刀子輕輕切下一小塊，一定要非常小塊、非常優雅。」三個同伴彷彿聽到了真理，又「哇」地和聲。

「妳爸爸來了！」小木瘦瘦高高，看得遠，提示了一聲。

嘉嘉坐正，看見爸爸媽媽一起來了，挪動原本的三盆植物：變葉木、矮牽牛、扶桑花，在刻著嘉嘉名字的石頭前面，又放下一盆金盞花。

二馬中元

七七

榕將軍

影劇六村門牌號碼一至八號，是八戶獨門獨院的日本房子，背靠著城牆，日據時代，就是軍官宿舍。現在，則是八位將軍的官舍，村民們都戲稱為「八家將」。城牆可比日本人來得早，康熙年間建成，道光年間整修，巨石堆砌，丈二高，原本是完整城垣，現在只剩下影劇六村裡的殘段。六號，是容將軍家。想必是巧合，後院城牆頭盤著一株老榕樹，被尊稱為「榕」將軍，從盤根錯節的程度來看，怕也比日本人來得早，或曾目睹皇軍進城？

明明就要期末考，溫書假卻偏出個大太陽，容家豪卡在家裡，既不能打球、也不能游泳，就算溜得出去，也沒人一道，無聊得緊。盯著《三民主義》課本，頁面忽遠忽近、字體忽大忽小，焦距就是調不準！後院早發的蟬鳴，催促著玩心與睡意。迷濛之間，居然已經聽見自己的鼾聲，必須去後院走動走動！

老榕樹的庇蔭，把六月的豔陽全擋在院外，根鬚順勢，從牆頭而下，向著地心引力的作用方向，盤布牆面。

古城牆面的石塊，原就是凹凹凸凸，榕樹的氣根蓄積成束，附著牆面，自然形成了攀爬條件。十六歲，無限噴發青春的少年，回應了榕將軍捋著長鬚的呼喚，攀踩著根鬚，輕鬆上城頭。

啊！何等舒爽快意！向左向右，便能遍遊「八家將」的後院。他這麼想想，卻不敢真這麼做，自己老爸就不是好對付的，其他的將軍，臉色只怕都不好看。想想還是下牆吧，老榕將軍皺皺的臉，已經在斜瞪他了。

哪兒來的突發奇想，就想「輕身飄下去」，想像自己仆身向下，半空一個翻腰，便能以腳著地……這麼想著就這麼做了！頭朝下……頭朝下……那個想像的前滾翻腰沒有發生……自己都清楚聽到「喀啪！」一聲，右腳被一束橫飛過來的氣根絞住，人倒掛著，兩條手臂觸地，消解了一部分下墜的力量，整張臉距離地面不到十公分，都能清楚聞到含羞草的氣味了。

他如願，在必須閉關的溫書假出了門，只不過，是因為送醫院，右小腿骨折，連帶腳踝脫臼、筋膜拉傷、雙臂擦傷。第二天打著石膏去考試。那次期末考，容家豪全科 pass！《三民主義》考得差強人意，勉強及格，但從未及格過的數學居然及格了，英文也免於補考，全拜斷腿修養，再也離不開房間之賜。

接下來的暑假完整而純粹，可惜也是不能游泳、打球，只能盡情恣意地看武俠小說。

爸爸從外島回來輪休，看了全用藍筆寫的成績單，省了例行的罵。橫拍了兒子的肩頭，說：「至少得這樣，行！」

容家豪不知哪兒來的虎膽犀牛皮，回了一句：「以後都選考前斷腿就是了。」

「命不該絕！」容將軍倏地變臉，補上了原本省去的罵：「要不是老榕將軍接著，小兔崽子何止折了腿！」

中獎

牆裡有聲音。起先只是悉悉簌簌，想必是蟑螂，後來變成吱吱嘎嘎，恐怕是老鼠。民國三十九年完工的老村子，隔間都是黃泥夯版，夾雜竹條、草棍，自然素材，冬暖夏涼的代價，就是隔音差、易龜裂、藏蟲鼠。

闕先生並不是每天凌晨一點三十二分醒來，而是，如果有聲響把他擾醒，一看鬧鐘，必是一點三十二分。他沒有懷疑多久，牆裡的聲音，已經轉化成人聲：「駕鶴西歸！」「壽比南山！」

剛搬來一陣，左鄰右舍雖已拜訪過，但不知各家的習性。白天見到面，只好試探性地打探：「阿姨，昨晚發財囉？」「大哥，昨晚聽什麼牌呀？這麼高興！」都招來白眼，都說自家早睡早起，絕無方城之戰。

「倒是你家。」管閒事的阿姨主動爆料：「上一個屋主是個牌精。幾乎天天通宵達旦，從不叫鄰居上桌，來的都是村外的人。你搬來前半年多，他才走。」「走去哪兒？」闞先生一時沒跟上。阿姨說：「還能去哪兒？回老家！就在牌桌上，心肌梗塞。聽牌等九萬，清一色。」

「這人是天生的。」阿姨續說：「光他那個名字，就萬中選一，『鍾法柏』，這個『柏』字也唸三聲『百』，『中發白』！是不是個貨色！」

又是一個一點三十二分，牆裡突然一聲：「東風無力百花殘！」闞先生幾乎是嚇醒的。想起阿姨那天的描述，恭恭敬敬起身，對著牆壁深深一躬，道：「大哥，鍾大哥。明天事情多，我真得睡夠，您也休息了好不好？謝謝您高抬貴手。」接下來幾個月，都不再有聲響。闞先生滿以為是自己恭謹，勸退了鬼鄰居。

一個晚睡的夜，闞先生一點半才熄燈躺下，兩分鐘後，牆裡清楚傳來聲音，只一個字：「買。」闞先生像是與隔鄰室友對話般問道：「買什麼？」聲音還只是回說：「買。」闞先生一時間沒參透，昏昏睡去。

第二天停電，闞先生下班經過雜貨鋪買蠟燭。正巧瞥見隔壁彩券行，心想：「買？該不會是叫我買愛國獎券？」隔天是五號，十塊錢一張，就買張試試。

鄰居管閒事的阿姨某日攔下闞先生，說道：「小伙子，看你總是神清氣爽，面帶笑容，想必那主兒不來煩你了？」闞先生說了這幾個月來的奇遇。

「他告訴你號碼呀？」阿姨驚奇道。「沒。」闞先生回應：「他只說一個字，『買』，我次日出門，經過獎券行隨便買一張，必中。」「愛國獎券你每一期都能中？」阿姨咋舌道。「當然不是每一期。」闞先生說：「而且只中小獎，他不是每個月都來，他說買我才買，凡買必中。」

阿姨的神情，滿是欣羡仰慕：「下次他說話的時候，跟我也打個招呼？」

眼藥水

過了五十歲，眼睛乾癢擺脫不去，街上藥房買的眼藥水點了又涼又爽，但是聽說含有血管收縮劑，近則影響眼壓，遠則干擾血壓，不能多點。

還是問問明醫官，大夥兒尊稱他「醫官」，其實過度抬舉了，明先生原本是在軍區醫院服務，但只是藥劑師，並非醫官。退休後管管閒事，開開藥方，日常的解熱、止痛、抗過敏，確實很幫忙。

賈先生說了自己的困擾，明醫官細細觀察了他的兩眼：「沒有沙眼、不是結膜炎角膜炎，輕微早發的白內障，不要直晒太陽。」賈先生說：「就這樣？癢怎麼辦？」「國外已經廣泛使用人工淚液。」明醫官說道：「但是我們還沒有普及，進口太貴，不划算。忍一忍不要揉。」「醫官哪！」

賈先生音量拉高，倒不是情緒過度激動，而是他嗓門兒原本就大：「乾脆以後肚子疼忍一忍、牙疼忍一忍、生孩子忍一忍，就用不著醫生啦！」

明醫官嗓音也不低：「叫你現在忍一忍，先不要揉，我給你想辦法！」他動作徐緩，熟練地取出一個大玻璃罐，裡面是清澈無色的液體。又取來一個墨藍色小玻璃瓶，蓋頭配有一枝滴管，汲取一些液體，注入小瓶，旋起瓶蓋，說：「試試，這是特殊配方，有什麼感覺可以隨時回來問我。」賈先生忍不住，也是個性豪邁，信任朋友，當場兩眼各一滴，閉目一分鐘，隨即說：「有用！真有用！瞬間就不癢了！」

「藥嘛，多多少少有一些副作用。」明醫官囑咐道：「副作用來了，一定要回來告訴我。」「什麼副作用？」「眼淚變多啦、發脹啦，因人而異，有些人適應得很好。」這些話賈先生沒往心裡去，他沉浸在「止癢有用」的欣喜中。

一個月過去，明醫官料準眼藥早滴完了，卻不見賈先生回診。在村頭、

巷口遠遠見著，幾次又錯過，而且賈先生有一點看似在躲他的意思。終於因為村子太小，總有頭頂頭撞見的一天。「眼藥點了怎麼樣？」明醫官劈頭就問。

「不點了。」「怎麼呢？」「止癢效果很好，但副作用也太強。」「什麼副作用？」賈先生遲疑了一下：「醫官，你的特殊配方究竟哪兒來的？起先，我只是會多看到一些人影，後來，畫面變清楚，都是……已經不在的那些人，都是認識的，他們一個個跟我打招呼。我不怕這個的！」他聲音不自覺地又大起來了：「而且有一點好奇，就繼續點。有一天，我爸來了。」講到這兒，他急煞車，不說了。

「令尊來了，不好嗎？」明醫官註解道：「其他使用者都期待的呢！」「原來你早知道！」賈先生聲音暴大，幾乎是吼的：「我這輩子、下輩子、哪怕陰曹地府，都不要再見到我爸！」

牆頭阿風

「季伯！好久不見！」突如其來的招呼，把季先生老實嚇了一跳，抬頭一看，一個瘦小子騎在牆頭上。「小王八蛋！長大了？嚇死人啦！」季先生罵道。

這小子叫阿風，就姓風，爸爸跑船，媽媽跑人，爺爺奶奶帶大的，是村裡的頭痛少年。偏偏，阿風天生的懂事，善於人情世故，嘴巴甜，張伯伯長、李媽媽短的，很得老人緣，於是，就偶有點兒什麼鼻青臉腫的小事故，也都靠長輩們的誇讚，在爺爺奶奶面前給圓了。

「季伯你一個人回來？我爸哩？」阿風問，攀著圓弧拱門，上面四塊藍底圓鐵牌，白油漆寫著「影劇六村」四個大字。季先生和阿風爸爸是同一條船出發的，季先生與風先生是同鄉、同一部隊出來、同時退下來、同時跑船，只差在沒生個兒子，這小鬼阿風，也是看著他出生，但因為一出去就是好幾年，沒能看著他長大。季先生回道：「在巴拿馬，你爸答應了一個工作，得下一趟才跟船回來。」

阿風低頭不語，顯然是失望了。「這麼晚了。」季先生放下肩上水手背包，橫胳臂看錶：「四點了？是這麼早了？天都快亮了，你坐在大門口牆頭幹嘛？」阿風說：「沒，心裡煩睡不著，坐這裡吹風。」季先生隨即問：「爺爺奶奶都好吧？你爸託我帶東西給兩位老人家。」「不知道。」阿風答：「兩三天沒看到人，大概到花蓮我小叔叔那裡去了。」

季先生說：「阿風啊，爺爺奶奶年紀大了，你要聽話，少惹事，他們照顧你不容易，你要孝順啊。」「知道啦。」阿風敷衍答道。季伯說：「你下來，我們去你家，把你爸的東西拿了，我也給你買了隻錶，『天美時』的，下來我給你。」阿風沒應聲，往牆裡跳下。

便在此時，「守望相助」巡哨經過，今天輪到老王，與季先生也是舊識。「哎！回來啦！」「是呀，回來了。」「我聽你剛才在跟誰說話？」「風家的阿風。」「風老先生？」「不，小的，小鬼阿風。」

「真見鬼了！」老王支起腳踏車，說：「那孩子管閒事，上禮拜三個村外的大漢追著一個隔壁村的，阿風正坐在牆頭上，跳下去幫忙，一人一扁鑽！肚子上三個窟窿，小鬼阿風真的做鬼了！他自己大概都還沒搞清楚，今天剛好頭七。」

「他爺爺奶奶呢？」「嚇壞了，搬去花蓮小兒子那兒暫住。因為你還不知道這事兒，所以他在等你。這小子不算是壞，尊敬長輩，嘴也甜，走了挺教人捨不得，不說了不說了！」老王性情中人，噙著淚，跨上腳踏車。

季先生呆在原地動也不動。想這人生的荒唐，漂泊東西所為何來？有子又如何？轉眼又無後。「幹嘛等我呢？」季先生想著：「是囉！他認為爸爸也回來。」

艾太太們

村子裡有兩位艾太太。一位住在上坡十九號，一位住在下坡二百九十九號。

下坡的艾太太三十出頭，身形嬌小玲瓏，經常穿著各種變化的連身洋裝短裙，有時碧藍開朗，有時靛紫沉潛，臉上經常一抹微笑，但不多話，甜美卻難以捉摸。

上坡的艾太太則是頎長飄逸，染過的長髮，短裙、短褲、超短褲，以便盡量裸露那一對俏翹的膝蓋頭，配著綁帶羅馬鞋，金色的、銀色的、古銅色的，火辣無盡噴發，但面容冷豔，跟誰也不說話。年齡也是三十出頭。

從市場裡攤商口中得知，她們的先生剛好都姓艾，本不是普及姓氏，村裡卻有兩家，大家稍稍稱奇。

然而眼尖的鄰居發現，兩位艾太太偶爾相遇時，絕不打招呼，算是有點反常，稀少姓氏家庭，遇到同姓，總該打聽是否同鄉？同宗？至少相互關心？都不！細心的韓奶奶甚至覺得，兩位艾太太會故意避開對方。

這一天，老太太決定要測試測試。

韓奶奶在市場口拉住甜美嬌小的艾太太，問她的衣服、問她的頭髮，儘管問一些無關緊要的瑣事。長輩問話，總得支應。遠遠看見高䠷冷豔的艾太太接近了，突然冒出一句：「怎麼都沒見過妳先生？他都不陪妳買菜？」

甜美艾太太隨口敷衍：「工作太累，在家裡休息。」這句再普通不過的話語聽在冷豔艾太太耳裡，卻起了奇特的反應，她衝口一句：「男人，該在他自己的家裡！」

甜美艾太太瞬間轉成尖酸：「說得對，就該跟自己太太住在一起。」

冷豔艾太太也轉爆成火辣：「對，跟真正的太太住在一起。」但這兩人平日是不對話的，今日爆發，全因為韓奶奶。於是，兩人就以韓奶奶為對象，各自表述。

矮個子尖酸艾太太說：「我先生很難得回家一次，他暫時取下了上校官階，軍職外調到沙烏地，協同榮民工程處，去幫忙基礎建設，三個月難得回來一次，昨天剛回家，就想在家裡和妻子溫存，一般人誰也不見。」

高個子火爆艾太太說：「我先生一年沒回來了，他事實上已經占了少將缺，以民間身分到美國公司考察，其實是在轉移核子潛艦技術。回來都是為了想看到我，待上一晚，就要上臺北開會報告，一般人誰也見不到的。」

韓奶奶越聽越糊塗了？艾先生真的有兩個？還是同一個？

不多久，上下坡分界處的二百零九號，搬來新鄰居，也是一位艾太太，據韓奶奶私下調查，她先生剛剛晉任少將，但是隨即派往「不能透露」的外地，進行高度機密的任務。昨天剛剛回來過，天沒亮又走了。稀少的姓氏，特殊的身分，類似的習性。卻只有一個事實可以完全肯定，影劇六村裡的「一般人」，誰也沒有見過艾先生。

巧克力盒

那是一個長條形的鐵盒子，連著盒蓋，面上按照盒內的狀況顯示，排列整齊七四二十八塊巧克力，每一塊上面都寫著「CARRO」。

哲雄已經想不起來這個牌子巧克力的味道，也不記得當初是誰買的？還是誰送的？空鐵盒在他床下擺了好幾年，裡面是一些零碎：郵票、迴紋針、橡皮擦、削鉛筆刀……床下堆放的雜物太久沒動，積了厚厚的灰，他決定整理。

因為實在不想看書，還剩一個禮拜就是七月一日，一考定江山的宣判日就要到來，同學們多半選擇到校集體念書，接受每日一科目的考卷練習。

哲雄決定不去，他已經預先看見了今年的結果，比玻璃窗、汽水瓶還要透

明，考不上的。

昏黃的桌燈，照著鬧鐘，已是夜裡將近十點，耐不住煩躁，哲雄乾脆掀開床單，露出床下重重堆疊的景象。就是這樣重獲了「CARRO」巧克力盒，他清空盒內雜物，用濕抹布裡外擦拭乾淨，仔細端詳。鐵盒的邊緣有些微鏽斑，但因為多年沒有動用，外觀仍然光鮮，哲雄決定將它留在桌面，還是收放小文具。

不覺已過午夜，哲雄昏昏睡去。直睡到次日將近中午，醒來發現散布房間的一團混亂，昨晚只有揭發，卻沒有清理。腳下一個踉蹌！手一揮，剛巧把桌面的巧克力盒拂落地面，「哐！」似一鑼聲，盒蓋掀開，掉出一封昨天還不存在的信。

信上寫道：「今年、明年你都不會考上，但一定要堅持，第三年就上了。接下來更不會一帆風順，舉凡你想做的事情，都將有考驗橫在面前，越是你在乎的事情，阻力越大。大學時候交的女朋友，你會很想娶她，但是後來『兵變』了。你將有機會為多數人服務，要注意態度，不可以因為個人成就而狂妄自大。

「接下來的三十年，國家、社會、世界都會有驚天動地的變化，要留意自己在因應時局變化的處境，建立中心思想，不要搖擺、不要隨波逐流。你的精華三十年非常精彩，始終要排除萬難去完成目標，成功受到大家的羨慕。

「你終究會擁有自己的幸福家庭，要注意爸爸的身體，他看起來雖然非常健壯，但卻沒有活到很老。」

信的內容就是這樣，沒有抬頭、沒有落款。

哲雄看得激盪澎湃，再次檢視巧克力鐵盒，裡裡外外、每個夾角、每個接縫……除了有些微生銹，實在是個平凡至極的鐵盒呀。

「可以請問你誰嗎？」他寫了一張字條，對摺兩次，單獨放進鐵盒，蓋上。

又次日，天亮時開啓，字條還是字條，並沒有多出什麼。他起先有點失望，展開字條，下面多了兩行：

「你必須下對全部的判斷、做對全部的事情，未來才會有我。現在，我還不存在。」

刺客

這一篇，也可以算是與我直接相關的事件。

父親學徒兵行伍出身，渡海來臺時未滿十八歲，已因功升任少尉排長，編入青年軍第一軍。他的團長選派了幾位資質佳的幹部，入官校受訓。原本成立於廣州黃埔的陸軍軍官學校在鳳山復校，父親拔去官階，入學受訓。

期間有一個重要項目，是在阿拉斯加完成的傘訓，當時我國與美軍聯盟關係緊密，國軍儲備幹部的教官，是大戰末期，實際參與諾曼第大空降的英雄，美軍一〇一空降師的士官長。父親通過了嚴格的鍛鍊與考核，學成專業，返國被預選分發空降特戰部隊。

畢業典禮舉行過，父親與同學一般，頒授少尉軍銜，國家再把入校前拔除的官階也加回去，父親一日內晉升為中尉。按照分發，上卡車，準備下部隊，卻在此時，一道緊急命令把他從卡車上拉了下來。

原來，老團長已晉升將軍，任副司令職，因為一樁口傳誤會，捲入一場謀刺案件。剛葬了亡夫的另一位將軍夫人，聽信讒言，認定副司令舉薦的醫官，恰是害死亡夫的凶手，於是召喚魯鈍耿介的親信，準備進行謀刺。夫人假意來「八家將」一號的副司令家致謝，再令得謙謙君子陪同護送返回鄰村，副司令孤身一人走回程，途中必須經過護城河。那愚忠士官埋伏橋下，待副司令返程路過，連開六槍！恰逢一陣怪風，飛土揚沙，遮蔽了準確度，沒有傷及要害。

父親忠誠清廉的天性，早為老長官熟知，於此危急之時，急急調任到將軍府中，任貼身侍從官。也因此，父親一生，並沒有前往空降特戰部隊。後來，副司令得到那位光頭白鬍子老頭兒的信任與重用，連連晉升，成為國軍最年輕的上將總司令。父親在他的舉薦下，也見過白鬍子老頭兒，也升上了將軍。

這跟我的關係到底是什麼？

回首前塵。安祿山叛亂之初，雷海青大總管與我等一千梨園子弟，因辱罵安賊，以「叛奴」之名處死，玉帝嘉獎大總管正直壯烈，封為「都元帥」，我等一十七員陪祀，庇佑梨園。後玄宗薨，戲祖老郎神歸位，仙遊四大部洲，我等隨侍，不覺凡間已過一千二百年。恰途經蓬萊島，偶遇俗魯之人以暗器投殺人傑，倉促間不及思索，揚起風沙阻隔刺客，惡人連開六槍，卻未傷及將軍要害。

祖師爺念我塵緣未了，發放帶藝轉世，情商孟婆，准予不飲忘魂湯，保持清醒聰慧，以便穿越時空、透析事物義理，待得了卻凡俗因緣，再重返仙界梨園。

父親來自終南山，母親來自山海關，千里迢迢，卻在蓬萊島上的逗點小鎮的微塵村子相遇，就為了把我帶來這一時空呀！

後記

一九五四年，遷移來臺的中華民國軍隊，改變了一項內部命令，准許現役軍人登記結婚。這項禁令的打破，使得數年間因「自然」情感而結合的愛侶，終能成「合法」眷屬。

一九四九年隨軍來臺的既有眷屬，住在舊式房舍，許多是日本時代的軍人眷舍，甚至有一些是倉庫改建的。整個一九五〇年代，為了安頓新成家的眷屬，由蔣宋美齡女士領導的婦聯會，向各行各業展開勸募，興建了大量的眷村房舍。商會捐款興建的叫「商貿」，工業協會捐款的叫「工協」，海外僑胞集資的叫「僑愛」，青果貿易促成的叫「果貿」。所以，影劇同業公會所捐款興建的眷村，就以感激紀念的理由，定名為「影劇」。捐款的資金，一部分內含在電影票價裡，也就是說，每一位買電影票的觀眾，都對興建眷村實質支援，暖心多情地照應戰後迫遷的難民，這是來自全體臺灣人的大善念、大慈悲。

全盛時期，臺灣有八百多個國軍眷村，其中，有七個名叫「影劇」，分屬於各個軍種需求。

影劇一村，在彰化牛埔。

影劇二村，在臺中西屯。

影劇三村，在臺南永康。

影劇四村，在花蓮美崙。

影劇五村，在臺北內湖。

影劇六村，在基隆暖暖。

影劇七村，在高雄大寮。

在影劇六村長大的作家宇文正，很驚奇地問我：「你小時候也住我村子？我們那時怎麼不認識？」是呀，村子很小，同齡孩子很難互不相識。我的「影劇六村」，是虛構的，以「戲劇」形式「影射」歷史，是一種沒什麼特別的創作手法，湊巧，這個系列的喜劇受到歡迎，虛構的「影劇六村」就比真實位於暖暖的影劇六村還要出名了，委屈了宇文正，委屈了正牌的影劇六村。然而虛構取代事實，沒有什麼不好，真實世界的眷村，幾乎拆光了，這給了說書先生絕佳的機會，沒有實物可證，更方便故事的流傳。

國中同學許華山，不是村裡的人，套句黑話，是個「臺客」。然而數十年的情感融匯證明，「本」什麼「本」？「外」什麼「外」？都是人心幻覺！芋仔番薯打爛了攪和一團，仍是甜的！大建築師以專業筆觸，為兒時玩伴畫虛構眷村，才是一絕。

偏心者對眷村的最大錯解，就是製造「外省人」這個誤稱，沒有一九四九年大遷移，西北大漢與江南佳麗見不著，擺夷公主和京城貝勒沒緣分，洞庭湖固然在日月潭的「外省」，東嶽泰山又何嘗不在崑崙山脈的「外省」？外來的何止一省？沒有來自原住民各個部落、以及說閩南話、客家話的媽媽們，又哪來下一代？村子裡的孩子們，混吃、混玩、混血、混文化，攪和在一起，活得甜蜜蜜。眷村的存在，恰足以說明臺灣大地的寬容，族群早已融合。

父親一生獻給了軍隊，在我成長過程中，他根本不在家，等他退下來，我又離家了，因此，我們相當不熟。在一次客套的父子對話中，談到「繼承」的問題，父親說：「這眷村房子你喜歡吧？」我說喜歡。他續說：「有一天我走了，你媽還能繼續住，但你媽也走了，你就得滾出去。」他說得直白，我聽得肉跳：「怎麼？我是長子，沒有繼承權嗎？」父親說：「眷村是國家照顧我們的，卻不是我們的財產。你想要自己的房子，自己去掙！」

許多年後，爸爸做了神仙，村子被夷為平地，我問八十老母：「妳覺得眷村該拆嗎？」媽說：「該拆，都是臨時安頓的房子，原就不是長久之計。」我更加慶幸，在戰火浮生塵埃落定的時刻，躬逢其盛，歷經了註定曇花一現的人心聚落。

生長於眷村，享用資源，甚至因為父親服務軍旅，享用教育補助待遇，直念完研究所，都無需繳交學雜費。這在某些有心人看來，簡直寄生蟲！而我是寄生蟲嗎？大戰、內戰不是我父母掀起的，戰後遷移，他們當時仍是少年，也操縱不來，循著歷史因緣出生的戰後嬰兒，沒有一個是自由意志下的選擇。數十年間，找尋自己出生在奇幻小島上的意義，敦促自己出類拔萃，村裡的兄弟姊妹，正直向上，理由是相同的。

我努力不懈，不想辜負這段驚奇的人生旅程。

作家作品集77

二馬中元：影劇六村有鬼

作　者—馮翊綱
封面插畫・設計—陳代樺
地圖繪製—許華山
內頁插畫—曾湘玲
主　編—李麗玲
責任企劃—金多誠
內頁設計・排版—黃寶琴、優秀視覺
總 編 輯—曾文娟
董 事 長
總 經 理—趙政岷
出 版 者—時報文化出版企業股份有限公司
一〇八〇三台北市和平西路三段二四〇號七樓
發行專線—（〇二）二三〇六六八四二
讀者服務專線—〇八〇〇二三一七〇五
（〇二）二三〇四七一〇三
讀者服務傳真—（〇二）二三〇四六八五八
郵撥—一九三四四七二四時報文化出版公司
信箱—台北郵政七九～九九信箱
時報悅讀網— http://www.readingtimes.com.tw
電子郵件信箱— ctliving@readingtimes.com.tw
時報出版臉書— https://www.facebook.com/readingtimes.fans
法律顧問—理律法律事務所　陳長文律師、李念祖律師
印　刷—盈昌印刷有限公司
初版一刷—二〇一七年八月十八日
定　價—新台幣二八〇元
（缺頁或破損的書，請寄回更換）

時報文化出版公司成立於一九七五年，
並於一九九九年股票上櫃公開發行，於二〇〇八年脫離中時集團非屬旺中，
以「尊重智慧與創意的文化事業」為信念。

國家圖書館出版品預行編目 (CIP) 資料

二馬中元：影劇六村有鬼 / 馮翊綱著 . -- 初版 . --
臺北市 : 時報文化 , 2017.08
面 ;　公分 . -- (作家作品集 ; 77)
ISBN 978-957-13-7099-6(平裝)

857.63　　106013194

ISBN 978-957-13-7099-6
Printed in Taiwan